JN105719

いざ、新天地へ！

魔法アイテムのお店を開くのも
いいなと夢想するが――。

宮廷魔導師見習いを辞めて、
魔法アイテム職人
になります

アレシア&キアラ
行商人の姉妹。
イリヤに助けられて
友達になる。
ジークハルト
レナントの街の守備隊長。
時折妖精シルフィーを
連れている。

ベリアル
イリヤと契約している
高位の悪魔。
炎の王の称号を持つ。
イリヤ
エグドアルム王国の
宮廷魔導師見習いだったが、
任務中に殉職を装い
出奔した。

「エリクサーの材料が
揃うといいんですけど」
「……そなた、庶民を相手に
店を開きたいのではなかったかね？」
「宝石に魔法を付与するなら、何処でもできそうですね。
宝石の耐久性の限界に挑戦するの、楽しいですよ」
「……そなたに常識を教える者は、おらなかったのかね」

宮廷魔導師見習いを辞めて、魔法アイテム職人になります

神泉せい

ill.匈歌ハトリ
Hatori Kyoka

KYUTEI MADOUSHI MINARAI WO YAMETE ,
MAHOU ITEM SHOKUNIN NI NARIMASU

口絵・本文イラスト
匈歌ハトリ

装丁
AFTERGLOW

CONTENTS

KYUTEI MADOUSHI MINARAI WO YAMETE ,
MAHOU ITEM SHOKUNIN NI NARIMASU

プロローグ

遮る物のない空は頭上を青に染めて、水平線の彼方へと姿を隠す。

北西に半島を有し、南には険しい山がそびえ立つエグドアルム王国。魔法大国として知られ、比較的強力な魔物が出没する事でも有名だ。

風も雲もない快晴の下、海上では国から派遣された騎士と魔導師を乗せた堅固な三艘の船と、空中を単独で飛行する少人数の魔導師の部隊が、飛沫をあげて荒れ狂う討伐対象に対峙していた。

「違う！　これは……、シーサーペントなんかじゃないぞ……！」

「だから綿密な調査が必要だと言ったのだ！　それをあの、権力闘争しか頭にない馬鹿どもが」

「大波が来る！　プロテクションを……っ、揺れるぞ！　甲板にいる者達は何かに掴まるんだ！」

船では押し寄せる波と魔物が発動させる暴風のブレスの恐怖に、悲鳴や怒声が飛び交っている。

空中で海の魔物に備えていた魔導師達の内、一際若い薄紫色の髪をした女性が大きく息を吐いた。

「……海龍ですね。しかも上位の……。このままでは海上の者達は、逃げる事すら叶いません」

「……まさか、このような事態になろうとは！　これまで危険な討伐を丸投げにし、ろくに調査の時間すら与えなかった魔導師長め！　奴の怠慢のせいだ……！」

女性の隣に立つ、彼女よりも一回りは年が上であろう男は、紺のローブの下から憎々しげに呟いた。

〝巨大なシーサーペントが現れ、大波を起こす為、漁に出られない。海岸の近くに住む民も、不安を募らせている〟

冒険者ギルドに海岸沿いの村や町から寄せられた依頼。しかしギルドの手に負えるものではなかった為、領主が国へ陳情し、討伐隊の出動が決まったのだ。そもそもこの辺りの兵や冒険者は海の魔物には慣れていたものの、大波を起こすような相手では通常の船など近づく事すらできない。かといって飛行魔法は高度な魔法であり、市井の魔法使い達で使える者は少ない。

現在周辺のギルドに登録がある冒険者で、さほど強い者がいるわけではなく、飛行出来る人間は皆無だった。その為シーサーペントだという情報も遠目に目撃した者の話であり、確認すら出来ていなかったのだ。

せいぜい巨木のような体の一部が海上に現れている姿や、尻尾が海原を叩きつける様を彼方に見て逃げ帰った程度だ。

討伐するようにとの王命を与えられた将軍は、宮廷魔導師長に魔導師の派遣を要請、討伐の為の部隊を編制して、シーサーペントの攻撃にも耐えられる堅固な船を用意した。そして討伐を行う第二騎士団の騎士及び騎士団所属の魔導師を船に、宮廷魔導師長より派遣された飛行可能な魔導師を空へと展開させたのだ。

　魔導師側からは危険な討伐の際に、ここ数年常に、年若い女性の宮廷魔導師見習いが選出されていた。

　貴族出身者が多い宮廷に仕える魔導師の中で、山村の出身で身内に権力者のいないその女性は、危険な任務を押し付けられても否(いな)やは言えない。

　こうして何度も討伐任務をこなしている内に、共に討伐をこなす騎士達や魔導師達と仲良くなれた事だけが救いではあった。

　今回の命令は被害が出る前に早急に行えと、急(せ)かされて討伐へと向かわされた。それ故に誰もが、最初から不安を感じていた。そしてそれが的中してしまった今、生きて帰る事すら難しい現実に、怒りと絶望が皆の心を乱れさせている。

「皆、私が押さえている間に船に降下！　風を起こし、全力で退避しなさい！　少しの間、私が海龍を抑えます！」

　空中に展開している魔導師の女性が、海龍を睨(にら)みながら命令を下した。年若い見習いの、しかも女性が指揮を執るのはこの国では異例だ。しかし共に困難を乗り越えてきた、卓越した技術で信頼の厚い彼女の言葉に、誰も異論を唱える事はなかった。

　隣に並ぶローブの男が、弾かれるように彼女を見る。

「しかし……、それでは貴女は……っ」

「時間がありません、このままでは船が転覆してしまいます！　皆が安全になったところで、私も逃げますから。とにかく港へ引き返し、援軍を要請して出直しましょう……！」

「ならば、私もお供します！　一人で海龍に立ち向かうなど、無茶だ……！」

共に危険に立ち向かおうと訴える相手に、彼女は海龍から視線をそらさないまま、小さく笑う。

「……セビリノ殿には感謝しています。私のような単なる村娘にお力添え下さって。ですが、ここは私の仕事。貴方は下の者達をまとめて下さい。船中はだいぶ混乱しているようですから……」

「……解りました。ですが貴女も……生きて下さい。貴女ほどの魔導師を、私は見た事がない」

強い決意を感じ取り、男は従うしかなかった。

海龍相手に一人で戦い、生きのびられるとは思えない。

それでも皆の命を救おうとする。その志を無駄にはできない。

「行くぞ……、全員、降下！　命令に従い分散して船に移り、全力をもってこの場から逃れるぞ！一人も欠けてはならん‼」

三人いた魔導師達が、「御武運を」「必ずお戻りに」と女性に声を掛けてから、船に降り立つ。

彼らからの最後の言葉を聞きながら、女性は詠唱を始めた。

「海よ、大いなる太古の水よ、世界を覆う命の源よ。全てを呑み込む、大いなる力よ！　牙をむく大波を、我が守りとさせよ！」

海龍はその顔を天に向け、大きく体を海面に打ち付けて、咆哮を四方に轟かす。

グウオオオォォ……。

己を誇示するような力強い鳴き声は、強力な一撃で敵を打ち滅ぼさんとする前触れだと言われている。魔導師達は甲板に降り立ち、船に乗り込んでいた騎士団の魔導師と共に並んだ。一斉に魔法を唱えて風を海龍の側に向けて起こし、速度を上げて撤退する。これとは別に防御班とされていた者達は、残りの魔力を全て防御の魔法に集中させた。

海龍の攻撃は防ぎきれなくとも、波やブレスによる攻撃を和らげる事は出来る。

「とにかく退避だ！　隊長殿、騎士達に我らが揺れなどで倒れぬよう、補助をして頂きたい！」

「了解した！　しかし、まだ龍が……」

言いかけた瞬間、海龍は巨体を一気に進めて逃げる獲物に近づき、船体に向かって頭をぶつけようと、首を真横に振りかぶった。

「う……、あ……!?」

驚愕した男達の叫び声が海上にこだまする。

だが、海龍の攻撃が船に届く事はなかった。

「引き寄せよ、金波銀波。エメラルドの輝きにて、救いをもたらしたまえ！　ブクリエ・ヴァーグ！」

海が盛り上がり、壁のようになって海龍と船の間に立ちはだかったのだ。

壁に阻まれた海龍は、巨大な体を後ろへ弾き飛ばされ、ジャバンと大きな音を立てて海に倒れる。

青い障壁は衝撃による波すら退け、船は速度を上げて港へと向かって行った。


「大気よ渦となり寄り集まれ、重ねて我が敵を打ち滅ぼす力となれ！　風の針よ刃となれ、刃よ我が意に従い切り裂くものとなれ！　ストームカッター！」


水の壁が全て海に還ると、海龍に向き合う体が小さく見えた。

両手を伸ばして前で親指と人差し指を合わせて、三角形を作っている。そしてそこから甚大な魔力が放たれ、無数の刃と化した風が海龍に向かって斬りかかった。

先ほどとは違って悲鳴とも怒号ともつかない海龍の鳴き声が轟き、強靭さで知られる龍体に幾つもの大きな傷が与えられる。

「すごい、さすが……」

船尾から遥かに見える光景に、ため息が漏れる。

一人で龍族の上位に値する存在と対峙するなど、いくら宮廷魔導師であっても出来る者がいるかどうか。

「危ない‼」

しかし安堵したのも束の間、新たに女性が唱える呪文は途中で途絶えた。

海龍の尻尾が女性を襲ったのだ。

遠ざかる船からの必死の呼びかけは、彼女の耳に届いたのだろうか。

白に紫色のラインの入ったローブに身を包み、金の刺繍（ししゅう）が施された服を着た彼女。

彼女の姿は次の瞬間、海へと消えた。

そしてその後の捜索でも手掛かりすら見つけられなかった。


海龍もまた、そのまま海洋に潜ったのか、はたまた移動したのか、姿を現す事はなかった。

騎士達や関わった魔導師達に「すみれの君」と呼ばれ、親しまれた女性の死が告示されたのは、それから十日後の事だった。

女性で、しかも最年少で宮廷魔導師入りするのではないかと噂されていた、若き才能。


「イリヤ」

彼女が呼びかけに答える事は、もうないのだ。

一章　新しい町へ

　私はワイバーンに乗り、光が反射して煌めく海上を飛んでいる。隣には騎士のような黒い上下に赤いマント、そして深紅の髪をした男性が飛行している。鳥達を追い抜き、小さな島々を幾つも飛び越えていく。

「うわあ、もうだいぶ離れましたね！　そろそろ目的の国かしら……、陸地に行きましょう」

　私、イリヤは、隣を飛ぶ見目麗しい男性にそう話し掛けた。

「うむ。ふ……、話の通じる龍で良かったな。うまくそなたは死んだものと思われたであろう」

　エグドアルム王国で海龍に海へと叩き落とされた後、私は海中で悪魔であり、私と契約をしている彼と合流した。


　彼の名はベリアル。

　実のところ先に偵察を頼んであったので、討伐対象が本当は海龍どころか、恐ろしい龍の上位種だと最初から知っていた。

　そして彼と共に戦ったなら、退けることすら可能だった。

　けれど、もし上位の海龍を倒したなどということになったら、彼の存在が国に知られてしまうだろう。備えもなく海龍に勝てるわけがないし。

私はベリアルと契約しているのを、秘密にしていた。

会う時もなるべく王都から離れた場所か、マジックミラー技法での幻影を通した通信のみにして、任務に協力してもらったことなど殆どなかった。

国に使われることをベリアルは良しとしなかったし、もし強力な悪魔と契約しているなんて知られたら、どんな命令をされるか解ったものではない。宮廷魔導師は貴族出身者ばかりで権力闘争に明け暮れており、華々しい功績を挙げる手駒を必要としていたから。

使い潰されるようなのは、絶対にイヤ。

ただでさえ危険な案件はこちらにまわされ、しかもどんどんと対応はおざなりになっていたんだもの。それに高位の悪魔を好きに使役しようとしたら、怒りを買って国が滅ぶかも知れないからね。

ここら辺が引き時だと思った。

その為には今回の任務はちょうど良かったの。他にも困ったことはあったし……。

うまく死亡したと思わせ、他国に亡命する。

一緒に討伐に参加してきた皆を困らせて、心配をさせてしまっただろうな。

それ以上に、母と妹を酷く悲しませてしまったに違いない。皆にも申し訳なかったし、とても心苦しいけど、生きていると解ったら迷惑をかけてしまうかも知れない。

そもそも見習いとはいえ、宮廷魔導師が許可なく国外へ出るだけでも本当はいけないの。

死んだと思わせるしかない。私が生きていると知った時に、宮廷魔導師長がどういう反応をするかも解らないし……。

今を逃せばどちらにしても、死ぬまで討伐任務をさせられるだけだった気もする。

父は子供の頃に亡くなってしまっているし、これから仕送りができなくなることが心苦しいけど、今までの金額で家を直したり必要なものを買い揃えたりしているから、暮らしは楽になっているはずだわ。それだけが救いだ。

とにかくこっちで暮らす目途が立って、向こうでは私が死んだことにされ、ほとぼりが冷めて皆が気にしなくなった頃に、こっそりと連絡を入れようと思う。

まずはこちらで生活の基盤を築かないといけない。

さあ、気を取り直して第一歩を踏み出すのよ。住む場所を探さねば！

上陸したのは海岸沿いの細く小さい国、海洋国家グルジス。東へ進み、そのグルジスを出ると、北に都市国家バレン、南に広大な平野を持つノルサーヌス帝国。

そしてティスティー川を挟んで広がる深い森林と山、美しい湖をたたえるチェンカスラー王国。

このチェンカスラーが目的の国だ。エグドアルム王国と国交がなく、鉱山や、薬草豊富な森が周囲にあり、そして澄んだ水の国。

「ところでそなた、その国に行って何をするのかね」

ティスティー川がワイバーン越しに見えてきた時、ベリアルが話し掛けてきた。

「そうですね、あまり目立たないようにして、少しのんびりしたいと思います」

魔物を討伐したり魔法薬を改良したり、最近忙しかったからね。

あ、でも生活費は稼がないといけないのね。ほとんど仕送りしちゃったもの。

「仕事をしないといけませんね。魔法アイテムのお店を開くのとか、いいですよね。子供の頃からの夢なんです」

「そなたの腕ならば、何処に行こうと問題はなかろうよ」

おお、褒めてくれている。魔法や回復薬作りなんかはかなり仕込まれたし、エグドアルム王国でも研究や練習を続けてきたから、自信があるよ。

「エリクサーの材料が揃うといいんですけど」

薬を作るにしても、これからは自分で全部の素材を入手しないといけない。眼下の森には、どんな薬草が生えているのかな。ドラゴンや一部の魔物からも素材が採れるから、生息しているといいんだけど。広い道を、冒険者らしきグループが歩く姿があった。

「……簡単には見つからぬであろうな」

「やっぱりすぐには集められないですよねえ……。魔法アイテムのお店といったら、目玉商品にエリクサーが欲しいのに」

「……そなた、庶民を相手に店を開きたいのではなかったかね？」

ベリアルの視線が、なんだか冷ややか。呆れられているような。

「そうでした、エリクサーは高価らしいですね。もう少しお手軽そうなものがいいでしょうか。上級のポーションとかアムリタ軟膏なら、作るのは難しくないですよね」

四大回復アイテムと呼ばれる中では、アムリタ軟膏が一番作りやすいんじゃないかな。古傷にまで効果がある、便利な軟膏なのだ。

「簡単などと抜かすのは、そなただけであろうよ。まずは周りの状況が解るまで、目立たぬようにするのではなかったのかね？」

「目立ちますかねえ……」

思わず首を傾げてしまう。宮廷では手に入らないアイテムはなかったから、どうも普通のお店に何が置いてあるか解らないぞ。これはリサーチが必要なようだ。

作るための場所や設備も、これから探さなきゃいけないんだよね。もっと簡単なもの……。

「宝石に魔法を付与するなら、何処でもできそうですね。宝石の耐久性の限界に挑戦するの、楽しいんですよ」

「……そなたに常識を教える者は、おらなかったのかね」

ん？　どういう意味だろう？

「そのような繊細な作業が楽しいかね。遊びのように言うなど、聞いた事もないわ」

「やってみると面白いものですよ。それにしても、生活に困らない程度に稼げればいいかと思っていたんですけど、実際何をどのくらい売ればいいのか解りませんね……」

「どうも物の価値を知らぬようであるな。エリクサーを一本作ったとして、高価すぎて買い手がつかんわ。貴族でさえ簡単には手に入らぬようであったしな。そもそも我に頼れば良いものを……」

最後の呟き(つぶや)はワイバーンの羽ばたきの音で掻(か)き消されて、私の耳には届かなかった。

ついにティスティー川で区切られた、国境を越えた。

期待に胸を膨らませながら、王都と思われる外壁に囲まれた都市を飛び越える。この周辺の地図は故国では曖昧(あいまい)なものしか手に入らなかった為、どこに行けば集落があるのか、あまり解らない。ほどほど大きくて、人の行き来がある方が商売にはいいよね。かつ鉱物や薬草が手に入りやすい場所がいいんだけど。

降りる場所を探しながら高度を落として地上を眺めていると、荷馬車に黒い狼のような姿の、魔獣らしき影が群れで近づいているのが視界に入った。

「え、馬車が……襲われる⁉　ベリアル殿、助けに参ります！」

「……チッ、気付いたか」

ベリアルはルビー色の瞳(ひとみ)を面倒だと歪(ゆが)ませる。戦うのは好きなようだけど、この程度の相手ではつまらないいんだろう。

私は構わずワイバーンを着地させて地面へと降り、すぐさま走り出した。

「大気の息吹よ、我が指先に宿れ！　弾丸となりて敵を撃て！　エアリアル・ショット！」

右手の人差し指と中指を揃えて、荷馬車に襲い掛かかる狼型の魔獣に照準を合わせる。

魔獣に怯(おび)え悲鳴を上げて、両手で顔を隠している少女のすぐ目の前で、黒い狼、ダークウルフは射貫かれて地面へと叩(たた)きつけられた。

ドタンという大きな音と、ギャウゥと断末魔の叫びが響き渡る。
続いて飛び掛かった二匹も、同じ末路を辿った。

「え、何……!?」

「ベリアル殿！　お願いします」

「……あまり楽しくない相手であるな」

ふう、とわざとらしいため息を残し、赤いマントがゆらりと揺れて掻き消える。
次の瞬間、ベリアルは馬車の前に立ちはだかり、ダークウルフ達に視線を巡らせた。

「誰!?　いつの間に……？」

御者台から困惑する少女の声が聞こえる。
走り出してまさに荷馬車に迫ろうとしていたダークウルフに手の甲を向けると、わずかに動かしただけでそれは後ろに弾き飛ばされた。

「ま、魔法……？　どうなってるの!?」

「失せろ、弱きものどもめが」

ベリアルが群れを睨みつけただけで、ダークウルフ達は唸り声を止め、怯えたように後ずさった。
そして一匹、また一匹と音もたてずに逃げ出す。他の個体もそれに従って、あっという間にその場からみんな姿を消した。

突然の展開に少女が栗色のポニーテールを揺らして、立ち去る狼の後ろ姿と、目の前の長身の男を交互に見ている。

「大丈夫ですか？」

　ようやく追いついて声を掛けると、少女は弾かれたようにこちらに顔を向けた。

「え、あ……？」

　まだ状況が呑み込めていない様子。私はとりあえず、自己紹介をすることにした。

　ベリアルは腕を組んでつまらなそうにしている。

「私はイリヤ、こちらは……私の同行人というか、契約している悪魔で、ベリアル殿です。貴女は？　どうして馬車で護衛も付けずに？」

「……あ！　助けて下さって、ありがとうございました。私はアレシア、こっちは妹のキアラです。行商をしていたんですけど、思ったより売れなくて……、護衛代が稼げなかったの……」

　よく見ると、同じ栗色の毛をした女の子が、隣で小さくなって震えていた。アレシアと名乗った姉の服の裾を、必死に掴んでいる。

「……です！」

　慌てて「です」と付け加えるアレシアに、思わず笑ってしまう。

「いいんですよ、無理に敬語で話さなくても」

「でも、こんな簡単に魔獣を倒したうえ、すごい悪魔と契約してるなんて……。立派な魔法使い様なのよね」

　言い終わると、ハッとしてアレシアはすぐに言い直した。

「じゃなくて、ですよね？」

「……どうでしょうか。彼と契約できたのは偶然ですし、魔法は努力すれば誰でも使えます。それよりも、お若いのに商売をされているお二人が立派だと思います」

本当にそう思う。私の夢を、もう叶えてしまっているなんて！　出遅れ感が満載だ。

アレシアは照れたように頬を染め、

「立派なんてそんな……、こんな素敵なお姉さんに褒められると、恥ずかしいです。まだまだ商売もうまくいっていないので、半人前なんです」

と、ポソポソと呟く。

「お、お姉ちゃんは頑張ってるの！　去年十五歳になって成人したから、村の人からいらなくなった荷馬車を安く売ってもらって、お仕事をはじめたんだ！　私もお手伝いしてるんだよっ」

困ったように肩を竦めるアレシアを応援して、妹のキアラがひょこんと顔を出す。

可愛いなあ。この国は十五で成人なのね。

そういえば私、周りは男だらけだった。騎士に魔導師、嫌な貴族達。

ああ！　女の子のお友達をつくって、一緒にお出かけしてお食事に行きたい！

そうだ。この子達、お友達になってくれないかなあ。でもみんな、どうやって友達を増やして、何を話すのかしら？　一時間とか二時間とか、普通に過ぎるらしいけど。

……私が長く話すのは、魔法の理論とか強化方法とか、召喚時の有利な契約方法についての討論の時だわ……？　きっとそういう話題じゃないのよね。

「あの……、ところで、お二人はどこに行くんですか？」

「え……と、どこでしょうか……？　実は、この国に来たばかりで」

事情をどこまで話していいものなのかしら。秘密にしすぎるのも不自然だし。

この国については知らないということを伝えて、町の場所などを教えてもらおうと思う。

「他の国から来たの⁉」

私の答えにキアラが、目を輝かせて聞いてくる。

「……ええ、エグドアルム王国という、ずっと北にある国です」

「そんな遠くからですか？　どうして……、って、聞いたらまずいですかね」

アレシアはハッとしたように口に手を当てた。どんな訳ありだと思ったんだろう。いやあるけど。

「……え～、言えないと言う程でもないような、あるような、その……」

私がしどろもどろになって口ごもっていると、後ろでベリアルがフッと笑う。

「この小娘は、嫌な男に執拗に迫られていたのだよ。権力もある相手であったからな、国を捨てて逃げて来たのである」

さらさらっと、涼やかな美貌と声で滑らかにウソをつく。

彼について気を付けねばならない点である。召喚した場合は事実を言うように誓約してもらわなければならない。ちなみに契約が成立すれば、騙すようなウソはつかない。

こういう場面においては、とても頼もしいなと思う。

「そうなんですか！　大変ですね。イリヤさんは美人で魔法が使えて、悪魔と契約までしてるんですものね。貴族でも手元に置きたいと思いそうです」

アレシアは大真面目に受け取って、かなり同情してくれた様子だ。

「ところでそなたらは、どこへ行くのかね？　我らは今日の宿を探さねばならぬ身であるからして、どこかいい町を知らぬかね？」

そういえば彼は、野宿は嫌いだった。

「これからレナントという町へ、行くところです。良かったら一緒に行かないですか？　荷台になってしまいますけど……。でも、この辺では大きな町で、宿もお仕事も探せると思うよ！」

「……荷台」

あ、不満そう。まあ、高位の悪魔だからね。

「レナントですね、ありがとうございます。私達も行ってみようと思います。別々に行って、町の近くで合流しましょう。どちらの方向ですか？」

「え、徒歩なんですか？　あっちですけど、まだ馬車で二時間くらいありますよ!?」

アレシアが指で示した先には森があり、馬車はそこを迂回して進むようだ。

「いいえ、近くにワイバーンを待機させていますので。私達は空から追います」

「『ワイバーン！！！』」

姉妹の声がキレイなハーモニーを奏でた。ワイバーンへ騎乗するのは、女性では特に珍しいかも知れない。男性でもあまり見かけないか。国には私一人だったわ。

二人を乗せた荷馬車が走り出すのを確認して、私はワイバーンに再び跨り、ベリアルは単身ゆっくりと宙へ舞い上がる。

空を見上げたキアラが、元気に手を振った。

私は「二人の友達になって一緒に遊ぶ」という、新たな目標を立てたのだった。


人の背の倍近い高さがある、壁に囲まれた町が見えてきた。家々が軒を連ね、大きな館や少し背の高い石造りの建物などもあり、大通りが中央を縦断している。

ふと、荷馬車からキアラが上空に向けてくるくると手を回しているのが見えた。

速度を落とす荷馬車から、少し離れた場所にワイバーンを降下させる。ワイバーンの羽が起こす風圧はわりと強いし、馬が驚いてしまうかも知れないからね。

着地して背を降りると、ワイバーンは何処かへ飛んで行った。あの子も住む場所を探すのね。

「ここがレナントです。私の通行証がありますから、同行者だと伝えれば、簡単な手続きで入れるはずですよ」

「審査、ありますよね！　考えていませんでした。助かります」

新しい生活に心が躍りすぎていた。

大きな町では入るのに審査がある。こんな当たり前のことを忘れていたなんて……。

そもそも前職は宮廷魔導師見習いなので、国内どこでもフリーパスのうえ、審査待ちも免除。むしろ守備隊長だの地域の有力者だのが出てきて、歓待される程だった。

「……我は悪魔だと知られぬ方が良いかね？」

ベリアルがアレシアをちらりと見る。

「いえ、人間のフリをする方があとで問題になると思います。ちゃんと契約してますって言えば、大丈夫じゃないか……なあ？　悪魔を召喚してる人は見たことあるけど、人間と見間違えるような、しかもこんなにカッコイイ悪魔って初めて見たんで……」

うーんうーんと腕を組んで考えるアレシアを、ベリアルが何か納得したような表情で眺める。普段だったら使えないと、冷たい視線を送りそうなのに。

あ、カッコイイ悪魔って言われたのが嬉しかったのかな？　わりと単純なところもあるよね。

考えていても仕方ないので、とりあえず門へ向かうことにした。

既に夕暮れが近づいており、冒険から帰ったようなパーティー、荷馬車を何台も連ねた大掛かりな行商人、荷物を背負った男の人などが列を作っている。

「……これに並ばねばならぬのか……」

げんなりしたベリアルだが、周りの女性が何か話しながらこちらをチラチラ窺っているのに気付くと、ニヤッと笑顔を作った。キャアと、小声で喜びの悲鳴が上がる。

美形だからなあ……。羨望の眼差しで注目されるのは、嫌いじゃないらしい。

とりあえず関係ないフリをしておこう。

「アレシアさん、そういえばあなたは商売をされていますよね？」

「え、はい。主に小物や雑貨、ちょっとした回復薬を作って売ってます」

「そうよ！　このアクセサリー、お姉ちゃんが作ってくれたの！」

キアラが得意気に、首から下げたネックレスを披露する。

革ひもに天然石を通し、少しのビーズと星型のチャームが二つほど飾られている。

「可愛いですね。実は私、魔法道具屋さんになりたくて。どうやったらなれるんでしょうか……？」

思い切ってしてみた私の相談に、瞠目するアレシア。

「ええっ⁉　イリヤさん、冒険者とか魔法使いとしてお仕事するんじゃ？　道具屋さん⁉」

「実は……、お店を開いて、自分で作った物を売るのが夢だったんです」

今までこの話をしたことがあるのは、妹だけだったと思う。妹は〝私が店員さんをするね。そしたら、お姉ちゃんとずっと一緒だわ〟と、喜んでくれていた。

……それはもう、叶わないのだけれど……。

「薬やポーション、魔法付与したアイテムとかを」

「ポーション？　魔法付与⁉」

唐突に大きな声で繰り返すアレシアに、言葉が遮られた。いきなり興奮した様子になって、私の手を両手で握る。

「すごいです！　そんなことまでできるの⁉　ポーションは足りない程だし、魔法付与アイテムって珍しいし、絶対売れますよ！」

「え、そう……ですか？　初級のポーションなんて簡単に作れるのに……」

「この辺では冒険者に人気があって、魔力のある人は冒険者になりたがるんですよ。攻撃魔法をみんな覚えたがって……。ポーションは品薄になりがちだし、品質もバラつきがあるし！　いいものを作れば、絶対に売れる商品です！」

さすが商売人、すぐに販売に頭が切り替わっているのね。

畳みかけるように彼女の話が続く。

「この町で商売するには、商業ギルドへの登録が必要です。あ、登録料と年会費がかかります。お店を出すのにも必要です。あと、ポーション類はギルドに一つ見本を提出しないと売ることが出来ません。他の薬は大丈夫なんですけど、ギルドの認定証があれば売れやすいです。ギルドには私が登録してあるので、ポーションを提出したら、まずは私の露店で売りませんか⁉」

「……はい、お願いします」

「……お姉ちゃん、押しすぎ。イリヤさん、引いてるよ」

キアラも苦笑いだ。アレシアはちょっと恥ずかしそうに、手を引っ込めた。

そんなこんなしている間に、私達の順番がやってきた。

「お、アレシアちゃん！　その男の人は護衛かな？　随分立派な身なりだけど」

「マレインさん、ただいま。商売がうまくいかなくって、護衛を雇えなかったの。この人達は、魔獣に襲われたところを助けてくれて」

門番の男性とアレシアは知り合いのようだ。

「そりゃ大変だったな……！　ところで見かけない顔ですが、冒険者の方ですか？」

「いいえ、旅の者です。こちらは私が契約している、護衛の悪魔でございます」

「……悪魔⁉」

灰色の鎧で身を固めた中年の門番が、ベリアルをつま先から頭のてっぺんまで、驚いた表情で眺めた。悪魔はやっぱり印象が悪いのだろうかと、少し不安になる。

「……」

何も言わないけど、ベリアルは不躾な視線を不快に感じているようだ。女性ならいいの……？

沈黙のあと、マレインと呼ばれた男性は顎に手を当て、ふむふむと一人で頷く。

そしてニカッと相好を崩した。

「……いやあ、すっかり人間だと思ったよ！　若いのに立派な召喚術師なんですねえ。契約の内容について、簡単でいいので教えてもらえますか？」

「はい。私を助けること、生活の手助けをしてくれること。それから緊急時を除き、人間を私の同意なしに殺さない、という契約です。代償についてはお答えできません」

不信感を持たれたのではなく、むしろ好意的に受け止められていたようだ。

完全に人間と同じ姿の悪魔というのは、やはり珍しいらしい。

もっとも、〝完全に人間と同じ姿の悪魔〟とは、基本的に爵位を持つ悪魔ということになる。ホイホイいるものではないだろう。

他にされた質問は、旅の目的、この町への滞在日数や予定、職業など。

旅の目的については、キアラが、

「イリヤさんは遠い国から、怖い悪い男の人から逃げてきたの。帰れないの！　おじちゃん、助けてあげて！」

と訴えてくれたから、うやむやになった。何かあったら守備兵を頼っても良いと言ってもらえたが、死亡したことになっているので何もないだろう。

……たぶん。

「ここまで来たんだもん、ケルピーを倒せだのキュクロプスが出ただの、そんなことを言われても、もう知らないわ」

私の呟きが聞こえたようで、ベリアルが何やら呆れたような視線を向けてくる。

「……そなたの職は、冒険者や兵ではなかったはずであるがな。魔導師と言うには、討伐ばかりではないかね。ケルピーなど強さよりも性質の上で、人間には脅威になる魔物であろう」

「イリヤさん、ケルピーとかって、なに？」

キアラが私の服の袖を引いた。あんまり一般的ではなかったかな。

「ケルピーは水辺に棲む馬で、水の中に人間を引きずり込んで食べたりする魔物です。キュクロプスは巨人の中では小さい方なんで、さほど厄介ではないですよ」

「いや、問題ですよ！　巨人が出たら必ず兵に知らせて下さい。場合によっては、軍の出動を要請しないとならないから」

門番のマレインが、真剣な表情で私に告げる。

あれ？　思ったより危険な魔物の扱いになっている？　最大級の巨人ギガンテスならともかく、一つ目巨人のキュクロプスって言ったのにな。

軽はずみな発言をしたかなと後悔したけど、問題なく町へ入る許可が下りたので、ホッとした。

整備された大通りを進み、アレシアがこの町でいつも泊まっているという宿へと一緒に向かった。

比較的安価で、感じのいい女将さんが経営しているそうだ。

泊まる場所がすぐ決まりそうだし、幸先がいいね。新しい生活がとても楽しみで、胸が躍る。


去って行く私達の後ろ姿を、金茶の髪に白い鎧姿の、背の高い男性が探るように眺めていたことに、私は気付いていなかった。

肩に乗っている妖精(ようせい)が、怯(おび)えて震えている。男はカツカツと足早に歩き、通行証をチェックしている門番の内の一人に話し掛けた。

「……マレイン。先ほどの姉妹と同行していた男女は、どういった者だ？」

チェックした通行証を行商人の男性に返し、マレインは慌てて振り返った。

「隊長！」

姿勢よくまっすぐに立つ、白い鎧を装着した騎士の姿を確認すると、勢いよく頭を下げる。

「……先ほどの者たちは遠い異国から来た召喚術師と、契約している悪魔だそうです。契約内容に人間に危害を与えないという条件が含まれており、問題なしと判断しましたが……」

「……そうか」

「……あの、まずかったでしょうか？」

マレインは頷いただけで言葉を発しない相手に、もしかして通してはならなかったのだろうかと不安になる。

角や尻尾が生えている、見て解るような下級の小悪魔しか見たことがなかったが、同じように判断していいものではなかったのかも知れない、と。

「いや、そうだな。下手に騒ぐ方が問題になった可能性がある。この町に来た目的はなんと？」

「それがですね。悪い男に追われて国にいられなくなった、とか、そんな感じだったんですが……」

「悪い男に……追われて……？」

（あのクラスの悪魔と契約していても、無体を強いる輩がいるのか？　命知らずな……）

男はあの悪魔を、爵位を持った高位の悪魔と判断していた。

そんな契約者を連れた者が、冒険者の仕事としてではなく、国の政策としてでもなくこの町に来るとは考えにくい。

「……とりあえず、様子を探ってみよう。何かあったら、些細な事でも私に報告するように」

「は、はい……！」

すっかり日が落ちて夜が支配する時間になる。町に四つある大門は首都から続く大通りを残して全て閉められ、かがり火が陰影を濃く落としていた。

〝白い泉〟

これが宿の名前。町の東に澄んだ湖があって、夜明け頃によく濃い朝もやがかかる。スニアス湖といい、宿を建てた先代が好きだったそうだ。

由来は湖なんだけど、言いやすさを考えて、「白い泉」になった。

アレシアが荷馬車を共同の馬車小屋へ入れに行っている間に、キアラと一緒に宿へ入った。

「こんにちは、女将さん。いつものお部屋は空いてますか？　あと、イリヤさん達のお部屋もあるかな？」

「キアラちゃん、お帰り！　無事で良かったわ。お部屋は空いてるから、大丈夫だよ。お客さんも連れて来てくれたのね、ありがとう」

年齢は四十歳くらいで、短い薄茶色の髪をしている。柔らかそうな黄緑のトレーナーの上からエプロンをかけた女将さんは、こちらを見て満面の笑みになった。

「あら！　すッごい美形さん……！　本当にありがとう、キアラちゃん。よく連れて来てくれたわね、えらい！　こんなカッコイイ人が泊まってくれるなんて！」

……ベリアルですね、そうですね。

一瞬、美形と褒められたと勘違いした自分が憎いわ。ベリアルはまんざらでもない表情をして女将さんに近づくと、スッと手を取って、指先に軽く口付けをした。

「正直なご婦人であるな。我にはこの宿で、最も高価な客室を用意するように」

そう言ってルビーを思わせる双眸で相手の目を捉え、ニヤリと口端で笑った。

「も……勿論でございますぅ……！」

女将さんはもう真っ赤になっている。

確かに顔はとても整っているので、間近で見つめられたら破壊力は相当なものだろう。しかし、高価って……お金を払うの、私なんですけど！　現在、絶賛無職なんですけど……！

あとから来たアレシアは有頂天になっている女将さんを不思議そうに眺めて、一階にあるツインルームへ妹のキアラと向かった。

私達の部屋は二階だ。

角がベリアル、隣に私の部屋という並びだ。角の方が景色が良く、部屋も広めらしい。高価と言っても、値段は他より少し高いだけだった。

部屋には扉の脇にクローゼットと棚があり、大きめの金庫も置いてある。清潔なベッド、テーブルとイス、荷物を置く為の台。シャワーは一階にだけあって、洗面台は共同で二階にもある。

ちなみに、シャワーは別料金。

というかベリアルは地獄に帰れば宮殿があるので、別に宿を取る必要なんてないのに。用がある時に召喚すればいいのだけれど、地獄にいるのも飽きたから、人間で遊びたいと言っていた。勿論、人間で遊ぶというのは控えてもらうよう伝えてある。

ともあれ、これからは二人分の生活費を稼ぐのね……！

ベッドに腰かけ、そのままボスンと寝転んだ。新天地でワクワクしてたけど、生活するって現実だものね。これから先に思いを巡らせて頭を捻(ひね)りながら、天井を見つめる。

討伐に失敗して死亡したのに、引っ越しの準備がしてあったんじゃおかしいから、どうしても必要な物以外は部屋にそのまま残して来たのよね。

二人分の部屋代や食費が必要になるし、衣類や日用雑貨もほとんど持ってなくて。

しかも一緒にいるのはあのベリアル。贅沢(ぜいたく)に慣れている。

私は国の最高峰の魔法養成所に入る為に村を出て、すんなりと宮廷魔導師見習いに抜擢(ばってき)されてしまったから、家賃なんて払った経験もない。食事代とか生活費がどのくらいかかるか、何が必要になるのか、あまりよく解っていなかったりする。

身を起こして手持ちのお金を確認してみた。ほとんど仕送りしていたし、あまり持っていない。

……たぶん、ほんの数日で尽きると思う。

休んでいる場合じゃない！　商品を作って売らねば……！

……とはいえ、商品を作るにも場所が必要なのよね。アレシアに相談してみることにした。階段を下りて彼女達の部屋へ向かう。この右側にあるのがシャワールームだわ。

扉の前まで行ってノックすると、すぐに返事があった。

「はあい」

「疲れているのに、ごめんなさい。ちょっと相談があるんです」

ドアが開いて、旅装から着替えてふわりとしたスカートを穿いたアレシアが顔を出した。

「どうぞ、なんでも聞いて下さい！」

「先ほど教えて頂いた商業ギルドの場所をお聞きしたいのと、アイテムの作製ができる場所について御存知ないかと思いまして」

部屋の中ではキアラがベッドに寝転びながら、こちらに顔を向けている。

「ちょっとした傷薬なら、宿の台所を、女将さんが使ってない時に借りられますよ。お鍋なんかは自分で用意して下さいね。料理用と一緒になるとダメだから」

「それは助かりますね！」

少量ずつしか作れないけど、それならお仕事を始められそう。まずは手に入る薬草を確認しながら、堅実に行かなきゃね。

「商業ギルドは、私も行きたいと思っていて。案内しますから、一緒に行きましょう」

「はい、是非！」

「私は露店の準備をするよ」

キアラがベッドから起き上がり、リュックの中から紙と筆記用具、それからハサミを取り出した。

値札を作るらしい。

彼女は数字だけ覚えていて、文字はまだこれから練習するそうだ。

早速アレシアと二人で、街へ繰り出した。

案内してもらいながら町の中心部へ向かって歩く。宿の辺りは建物が少なかったけど、お店が増えてくるにつれて人通りも多くなる。

中には獣人もチラホラ混ざっていた。耳がピクピクしたり尻尾が揺れていたりする。

エグドアルムでは獣人は入国禁止だったし、こっちで色々な種族に会えるかな。二本の足で歩く羊みたいな羊人族は、子供の背丈くらいで可愛い。蹄がパカパカ音を立てている。

虎の顔の虎人族も歩いている。体は筋肉がしっかりついていて、とても強そうだし、武装しているから冒険者かな。うん、異国に来た感じがすごくするね。

物珍しそうに色々と視線を巡らせていたのに、気付かれたみたい。アレシアが微笑ましく私を見ている。うわ、はしゃぎすぎたかな。恥ずかしい。

気を取り直して、目当ての品が売っている場所を聞かなくちゃ。

「そういえば、薬草を扱うお店はありますか？」

「はい。専門店は一つだけど、ハーブや魔法用品と一緒に取り扱っていたりしますよ」

「モーリュやエピアルティオンも売っているでしょうか」

「……あの、すみません。聞いたこともないです……」

申し訳なさそうに答えるアレシア。

困らせてしまった。あまり一般的ではなかったらしい。これじゃあガオケレナも売ってないかも知れない。最初にアレシアが、道具職人が少なくてポーションすら品薄だって言ってたもんね。買い手があまりつかないような素材は、入荷しないかな。

「あの大きな交差点の手前にあるのが、商業ギルドです」

話ながら通りを進むと、石造りの立派な建物が現れた。

入口に掲げられた丸い看板には五角形の図があって、中に十字が描かれていた。図の下には商業ギルドとの表記もある。ちなみに五角形は指の数だそうだ。

「こんにちは～」

元気なアレシアの声に続いて、私もギルドへ入った。

正面に受付があり、女性が二人、カウンターに立っている。お揃(そろ)いの淡い黄色のシャツに、カーキ色のベストを着用していた。

「こんにちは。本日はどういった御用件ですか？」

水色の髪の女性の前に、アレシアが向かう。私と同じくらいの年齢かな。

「あの、こちらのイリヤさんは魔法薬やポーションを作る職人さんなんです。それを、私が売ろうと思ってるんですけど……」

「まあ、それは助かりますわ。最近は冒険者の方が増えて、色々と品薄になりがちなんです」

女性は嬉(うれ)しそうに手を胸の前で合わせた。

「見本はお持ちですか？」

「いえ、この町には先ほど到着したばかりです。取り急ぎ、ポーション作製に必要となる材料の入手方法について、伺いたく参りました」

仕事だと思うと、余計緊張するなあ……。

受付の女性も、人懐っこいアレシアに対応する様子と比べて、私に対しては少し身構えたように思える。

「材料ですね、方法は色々ありますが……、当ギルドでは登録している会員の方にしか売買はできません。ですが、販売店を紹介することはできます。足りないもの、取り扱いのないものは冒険者ギルドに依頼として採取をお願いすることもできます。この場合は期限を自分で設け、前金として半額を冒険者ギルドに納めることとなります」

「……私が自ら採取することはお許し頂けますでしょうか？　その場合の制限や禁止事項、可能でしたら薬草の採取場所などをご教示頂けると幸いです」

受付嬢はさっきより高い声でハイ、と大きく頷く。カウンターの下や後ろにある棚から、何枚かの紙を取り出した。

その中からまず、町の地図らしきものを広げて人差し指で示しながら説明を始める。

「こちらがこのレナントの町の地図です。看板と同じシンボルが描いてあるのが現在いる商業ギルド、大通りを挟んで向かい側が冒険者ギルドです。建物を出て頂ければ、すぐに確認することができます」

受付嬢はカウンターの上にあるペン立てから赤ペンを取り、商業ギルドと書かれた文字の下に線を引いた。指先はさらに通りの下に向かう。

「この水色のラインで塗られている辺りに商店が集まっていて、こちらの黄色のラインはギルド会員になると、有料ですが露店を出せる区域です。こちらの裏通りにも露店が並んでいますが、違法なものや粗悪品があるのでご注意下さい」

そこまで説明して、裏面をめくってみせる。

「各商店に振ってあった番号は、裏面で確認できます。お店の名前と、主な取り扱い商品が書かれていますので、こちらを参考にして下さい。また、購入の際のトラブルや困ったことがありましたら、当ギルドにてご相談を承っております」

なるほど、親切だ。お店と話し合いがつかなかったら、仲裁してくれるのね。

「ご丁寧に説明して下さり、感謝いたします」

「それから……」

まだ続いていたのね。

説明してくれていた地図をキレイに折りたたんで、次の紙を広げた。

そこには町の周辺の地図が描かれていた。

「こちらは周辺図です。採取できる素材、出現する魔物などが簡単にですが書かれています。詳しい場所については個人が秘密の採取場所などを持っていたりするので、ご自身で探して頂くしかないでしょう。魔物などについて、もしここに書かれていない強い魔物に遭遇した場合は、ギルドや守備兵に報告して下さい。こちらは皆の安全の為に、ご協力をお願いしています」

「了解いたしました」

私が頷くのを確認して、この地図もキレイにたたまれていく。そしてもう一枚はこの国の簡略化された地図で、こちらも一緒に纏めてくれた。

さらに商業ギルド、冒険者ギルドに関する書類も見せられ簡単に説明を受ける。商業ギルドへの入会申込書や入会後の案内、そして〝ギルドって何ができるの？〟というタイトルの、初心者向けのギルド利用案内もあった。

冒険者ギルドの書類には、採取に行く時などに護衛を雇う為の、ノウハウのようなものが書いてある。冒険者のランクによる値段の変化、護衛や採取時の食事や宿泊についてなど、トラブルの元になりそうな事柄の基本契約事項が網羅されている。

「どうもありがとうございます、参考にさせて頂きます。ポーションを作製しましたら、申請に参りたいと存じます」

「は、はい。いつでもお待ちしています。あと、もう一つ……、当ギルドの会員には、通常のギルド会員登録と、職人登録の二種類がございます。職人登録というのは、講習を受けてテストに合格するか、規定のアイテムを提出して効能が認められれば、ギルドが認定した職人という証明になり、売買がスムーズになります。こちらは通常・上級・マイスターと三ランクあります。アイテムを作製されるのでしたら、是非ご検討下さい」

「なるほど。善処いたします」

そしてお互いにお辞儀をして、話は終了した。とても有意義だったと思う。特にこの丁寧な資料は有り難い！

しかしアレシアには、

「なんか……、すっごい二人とも堅かったです……」

と、まじまじと見つめられた。

「仕事だとこんなものじゃないんでしょうかね？　初対面ですし」

「いえ、あの人は丁寧だけど親しみやすい、もっと砕けた感じの話しやすい人ですよ？」

「あら？」

後に受付の女性はこの時の事を、「やたら堅くて丁寧で礼儀正しい人が来て……、貴族に関係ある人か、ギルド上層部の抜き打ち接客テストだと思って、ものすごく緊張した」と、語ったという。

商業ギルドにはもう一つ用事がある。

それは先ほどのダークウルフの牙と毛皮を売ること。

私は利用できないけど、ギルド会員のアレシアならば可能らしい。誰でも売れる冒険者ギルドはよく待たされるけど、ここはすいていることが多いという。

しかも冒険者ギルドよりも値段が高くなる場合があるとか。

サロンになっている部屋の奥に、買い取りカウンターが設けられていた。サロンに幾つも置かれたテーブルには何組かが座って話をしており、無料で自由に飲める水とお茶のポットが用意されている。商人同士の交流や、情報交換に使う為の場所のようだ。

アレシアはカバンから白くて長方形の会員証を取り出し、受付カウンターにいる男性職員に提示した。

「すみません、素材を売りたいんですけど……」

「はい、アレシア様ですね。ではこちらに出して頂けますか」

男性はカウンター脇の敷布の上を示し、アレシアの会員証を手に取って確認した。

「は、はい。コレです」

持ってきた布袋から牙と毛皮を出す。売るのは初めてでなんで緊張しますと、私にこっそりと囁(ささや)くアレシア。

「これは、ダークウルフですね。……失礼ですが、アレシアさんが？」

明らかに、ついさっき魔物を倒して獲得しましたという素材に、男性が驚きの表情をした。

そして素材とアレシアを、見比べる。

アレシアは両手を振って違いますと、慌てて否定した。

この素材は私が倒したダークウルフを、アレシアが解体してくれたもの。解体は私にはできない。

アレシアの村では、自分達で狩りの獲物の解体をするから、そのお手伝いをしていた彼女にもそれなりにできるらしい。私はそういうお手伝いをしたことはなかったな。

「いいえ、こちらのイリヤさんが倒したんです。魔物に襲われて、危ないところを助けてもらいました」

紹介された私は、一歩前に進んで両手の指先をお臍の下で軽く重ねて、お辞儀をした。

「イリヤと申します」

この場合はどう挨拶したらいいのだろう……？

とりあえず名乗るだけにしておく。実際退けたベリアルは、この場にはいない。

勿論、私一人でもあのくらいならば問題はないけど、魔法が間に合わないと危険だし、姉妹に怪我をさせずに済んだのは彼のおかげだね。

「は、初めまして。ギルド職員のジムです。貴女は魔法使いの方で……？」

男性は頭を掻くように右手を上げ、私に合わせてなのか礼をしてから質問を続けた。

「……そうですね、魔法使いと考えて頂いて差し支えないでしょう。これからこのレナントで、魔法薬や護符などを作製したいと思っております」

「なるほど、あ、え～……、痛み入ります」

ちょっと言葉がおかしくないですかね。魔法使い相手って緊張するのかな？

普段が商人相手だから、珍しいとか？

どこか挙動不審になりつつある男性に査定を任せて、近くにあるテーブルに二人で陣取った。

アレシアは片手を口に当てて、笑いをこらえている。彼女から見ても、ジムという職員はおかしな反応だったらしい。

「高く売れるといいですね、宿代も欲しいですし。これはどのような割合にすればいいんですか？」

「イリヤさんが倒したんですから、イリヤさんのですよ。毛皮を剥ぐのを手伝った分、少しもらえると嬉しいんですけど……」

なんて謙虚な子だろう！　宮廷魔導師の連中だったら、何もしなくても「私の采配が良かった」とか、「私が任せたから結果が出た」とか、意味不明な功績を主張するのに！

とりあえず半分ずつにしようと提案した。

彼女は少し恐縮しているけど、こちらもだいぶお世話になっているし、この先も色々と教えてもらいたいので、ここは受け取ってもらいたい。

二人で譲りあっていると、中年の中肉中背な男性が話し掛けてくる。

「なあお姉ちゃん、魔法薬を作るんだって？　中級ポーションなんて持ってないかな、五本くらい欲しいんだが……」

魔力の籠められたブレスレットが、ジャケットの袖からチラリと覗く。

「……所持していますが、まだギルドの認定は頂いておりませんよ」

「本当か⁉　それはこちらで申請しとくから、売ってもらえないか？　上級ポーションなんて欲しがられたんだが、手に入らなくてな。中級でもまあいいだろって話になったんだ、助かるよ。下級のポーションしか在庫がないんだ」

品物も確かめない内から安堵した表情をするなんて、よほどポーションを作る人が少ないのね。

「……上級を注文されているのに中級なのですか？　なぜ上級をお求めにならないのです？」

私は疑問に思ったことを、そのまま聞いてみた。相手は苦笑いをして頬を指で掻く。

「そりゃあ上級があればいいが、そう簡単には手に入らない。熟練の魔法アイテム職人じゃ、あるまいし……」

「十本なら上級も中級もありますよ。まだこの国で作製していないので、このポーションに限っては今回限りとなるでしょう」

私は腰に下げていたアイテムボックスから、上級と中級のポーション合わせて二十本を取り出してテーブルの上に置いた。上級はピンク、中級は水色の瓶に入っている。

アイテムボックスとは、宮廷魔導師見習いに支給されていた、異空間にアイテムを保存することによって見た目以上の容量と、劣化防止効果がある便利なカバン。

「「上級⁉」」

アレシアまで一緒に驚いている。そういえばポーションやアイテムを作るとは言ったけど、具体的な話はしていなかったわ。浮かれて打ち合わせができていないとか、ちょっと反省する。

「こ、これを売ってもらえるか⁉　てか、これは今回限りってどういうことだ？」

「イリヤさん、上級まで作れるんですか⁉　え、すごい！　すごいんですけど！」

興奮した二人に詰め寄られて、私は言葉に詰まってしまった。

もしかして上級が作れるって、一般的にはそれだけですごいの？　これ以上の話は、まだしない方がいいかな？　いきなり目立ちそう。

それにしても、どうもこういう時の対応は、上手にできない。とりあえず一つずつ説明していくしかないよね。

「ええ……と、まず販売はできます。どちらも八本限りとさせて頂きますが。私が使う可能性も、ありますので」

これで一つ目の質問クリア。

「そりゃそうか」

男性も頷いて、納得してくれている。よし。

「今回限りという理由は、これは私がエグドアルム王国で作製した品ですので、同じ材料が揃えられない為、効能が変わると思われるからです。そして、上級ポーションまでは問題なく作製できます。ある程度の研究はしておりますので、こちらで採取できる材料で差し支えないと存じます」

……答えた！

さあ、次の質問をどうぞ！

また矢継ぎ早に来るかと思って身構えたけれど、二人とも落ち着いたのか、解答を聞いて少しの間、沈黙した。

「……えと、いやイキナリすまない、まさかこんな若いお嬢ちゃんが上級を作れるとは思わなくてな。それにしてもエグドアルムといえば、魔法大国の？　しかもずっと北にある」

まあそこは不審に思われても仕方ないところだよね。私がワイバーンで障害物のない海を飛んできても、かなりの時間がかかった。陸路を行くとなれば、何日かかるか解ったものではない。

国交もないし、行き来する者なんていないだろう。

「……何と言いますか、たちの悪い男に目を付けられたので、逃げて来たと言いますか……。近隣の国ではまだ不安が御座いました。研究所に勤務していたので、ポーションや魔法薬をはじめとした、アイテムの作製は得意としています」

これもベリアル様設定だ。私ではうまい言い訳が思いつかないのだ。念の為、宮廷魔導師見習いをしていたというのは、しばらく秘密にしておくことにした。

大変だったな……と、同情されてしまった。

しかしこの言い訳は、それ以上追及し辛いという点でとても便利。研究所というのも世間知らずな印象に合うし、〝詳しくは話せない〟で済ませられそうなところが良いと思う。

その後ポーションの効果を確認した商人の男性は、出来がいいと感激して、しっかり八本ずつ買い取ってくれた。しかも予想以上にいい値段だ！

これなら二人分でも十日は宿代や食費の心配がいらないし、お買い物も気兼ねなくできる。

そして男性は喜ぶ私に名刺を差し出してきて、クレマン・ビナールと名乗った。

主な取扱商品は武器や防具で、他に冒険者が必要な魔法アイテム全般を扱っていると教えてくれた。

ビナール商会はこの町の冒険者の間で有名らしい。

素材もしっかり売ることができて、幸先良いスタートと言えそう。宿賃の心配はしばらく必要ないしね。清々しい気分で商業ギルドを後にした。

商業ギルドを出た私とイリヤさんは、商店街へと足を向けていた。

私はアレシア。今は新しく知り合った、イリヤさんという道具職人さんとお出かけ中。ダークウルフに襲われていたところを助けてくれた魔法使いで、素敵な悪魔と契約している召喚師さま。

こんなすごい何でもできる人、見たことがないよ！

商業ギルドでは倒したダークウルフの素材を売って、お互いに想像していた以上の収入になったの。私は素材を販売した半分のお金を受け取れたし、イリヤさんは持っていたポーションを、早速売ることができちゃった。

しかも上級なんて、見たのは初めて！　その辺のちょっとしたお店に売っているものではないし、一般の人で作れる職人さんは限られているの。それを当たり前みたいにヒョイッと出すイリヤさんて、本当にどんな人なのかしら⁉

もっとじっくり見せてもらえば良かったなあ。

イリヤさんはこのレナントの町で作ったアイテムで登録して、販売を開始するらしい。

イリヤさんが作るアイテムを売らせてもらえるのが、とっても楽しみ。できるなら、ポーション作りを見学させてもらいたいな。

「イリヤさん、何か買いたい物ってありますか？」

「そうですね、日用品と……、とりあえず食料でしょうか」

「じゃあまず歯ブラシとかタオルとか、揃えましょうか！」

私はそう言って、少し後ろを歩くイリヤさんの手を取った。二、三歩あるいたところで、一緒にいるのがいつもの妹でないと思い出す。

「ご、ごめんなさい！　いつもキアラと歩いてたから……！」

慌てて手を離した私に、イリヤさんが柔らかい笑顔を作る。

「構いませんよ。私も人ごみは慣れておりませんから」

「そうなの……？　あの、私には敬語、必要ないですよ？　私の方が年下だし、お友達になったんですし」

「……お友達？」

聞き返されて少し焦る。こんな素敵な人の友達とか、失礼だったかな……？

次の瞬間イリヤさんは、祈るように両掌を胸の前で組んだ。

「いいんですか⁉　お友達になって下さいます⁉」

「え、はい。もうお友達だと思ってたんですけど……？」

私の返事を聞いたイリヤさんは、目を輝かせて私の手を両手で握ってきた。

「本当ですか？　女の子のお友達が欲しかったんです！　周りは男性だらけでしたし……」

え、逆ハーレム？　逆ハーレムだったの？

しかもお友達と言うだけで、こんなに喜ぶなんて。イリヤさんのギルドでの振る舞いからして、堅すぎて周りにいた人も声を掛けづらかっただけじゃないかな……？

「お友達で、仕事仲間ですよ！」

私はイリヤさんの両手を握り返した。

「はい！　これからよろしくお願いします！」

「こちらこそ！」

往来で何の挨拶をしているのだろう……。

ちょっと恥ずかしいけど、堅いと思ってたイリヤさんのはしゃいだ姿はとても可愛らしく見えたし、こんなに喜んでもらえるなんて嬉しかった。

「お友達とお買い物。楽しいですね」

ニコニコと笑うイリヤさん。日用雑貨のお店に行く間もずっと満面の笑みで、鼻歌まで歌っている。エグドアルムで流行している歌なのかしら、知らない曲だわ。

当面の生活に必要なものを選ぶ時も、どっちがいいですかと尋ねてきたり、本当にお買い物を楽しんでいる感じだった。でもイリヤさん、高級品の贈答用タオルと、安いごわごわタオルを比べられても、違いすぎて答えられないよ。花柄だけで選んで値段を確認してないにしても、ちょっと比べる対象がおかしいよね。

結局ほどほどの値段のタオルを選び直していた。他には歯ブラシや洗濯用の石鹸なんかの雑貨や、薬を作る時のお鍋も購入。

食料は屋台で買うことにした。お店の外に出て、食べ物の屋台が並ぶ広場を目指す。

焼いた肉を串に刺したものとか、具がたくさん挟んであるパン、蓋付き容器に入ったスープなど、昼過ぎからたくさんの屋台がいい匂いをさせている。

「どれもこれも美味しそう……！　アレシア、お勧めってありますか？」

「やっぱりあのボアの肉を焼いた串とか、甘く煮た果実がのったパンとか……」

「このパンね。果物も種類があるし、見た目も可愛い」

ここでもイリヤさんは、物珍しそうにキョロキョロとあちこち視線を巡らせている。

国が違うと、売ってるものも違うのかも知れないね。

広場の一画には木のテーブルと椅子があり、買ったものをここで食べることもできる。

一回りしながら物色している私達に、不意に聞き覚えのある声で、女性が話し掛けてきた。

「アレシアちゃん！　良かった、無事に町に着いたのね！」

私がお世話になった冒険者パーティー「イサシムの大樹」のメンバーだ。イサシムはメンバーの出身の村の名前、大樹は村の真ん中にあるシンボルなんだそうだ。

「レーニさん、この前はどうも」

男性三人、女性二人の五人のパーティーで、レーニさんは治癒師の女性。赤茶の髪を三つ編みにしている。もう一人のおかっぱの女性が、魔法使いのエスメさん。

「全くリーダーったら……、後払いにしてあげても良かったのに。こんな可愛い姉妹を放っとくなんて、信じられないわ」

行商では皆に護衛を依頼してたの。でも帰りの分の護衛代が足りなくて困っていた時、エスメさんが私のことは信用できるんだからお金なんて後でいい、と言ってくれた。あの時は嬉しかったな。

通常は全額前払いか、半額を前払いで残りは後からギルドで受け取ってもらうかの、どちらか。

今回は行く時に往復を頼むほどお金がなかったんだけど、売れたら何とかなるって思ったのが間違いだった。半額にも足りなかったなんて……。

でもみんなもお仕事なんだから、払えないものは断られたって当然だと解ってる。

「仕方ないだろ……。あの時は別口でいい依頼があったんだしさ」

「無事だったし、良かったってコトで！　おかげで俺達もついにDランクさ！」

リーダーでツンツン髪の剣士のレオンさん、いつもお調子者な弓使いラウレスさん。

「昇級おめでとうございます！　でも、護衛代が高くなるから、もっとお願いしづらくなるね」

「……この前は悪かったからな。しばらく据え置きでいいよ」

そう言ってくれるのは、背が高くてガッチリ体型の重装剣士ルーロフさん。口数は多くないし怖そうだけど、優しい。

「でも、おかげで素敵なことがあったんです！　魔物に襲われたところを、このイリヤさんに助けてもらって。彼女、ポーションが作れるんですよ」

「イリヤと申します。以後お見知りおきを」

あ、お仕事モードイリヤさん。頭を下げる仕草がとってもきれい。

「ど、ども！　イサシムの大樹のリーダー、レオンです！　護衛とかありましたら、是非、指名して下さい！」

「同じくラウレスでっす！　ヨロシク！」

男二人の食いつきがやたらいい……。イリヤさん、清楚で美人だからなあ。女性陣はジトッとした目で二人を見ている。ルーロフさんは、仕方ないなっていう表情だ。

そもそもイリヤさん、護衛いらないいんじゃないかな？

本人が魔法を使えるし、ベリアルさんはとても強いみたいだし。

「イリヤさんのアイテムは、私が販売させてもらえるから！　買いに来てね～！」

宣伝も忘れないよ。

「「それはもう、絶対行きます‼」」

「……いつ頃から販売するの？　レーニもいるけど、回復アイテムは持っておきたいわね」

既にデレデレのリーダー達を横目に、魔法使いのエスメさんがイリヤさんに直接尋ねた。

「申し訳ありません、この町には到着したばかりでございます。明日材料を揃えるところから始めますので、少々時間が掛かると思います」

「そうなのね。まあ、ポーションができたら見せてもらいたいわ。リーダー、グリフォンを倒すって聞かないのよ。できれば中級くらい欲しいわ」

エスメさんは、言い方は少し冷たかったりするけど、ほんとはとてもいい人なんだ。

困ってる時に、誰よりも親切にしてくれる。でもなんだか今日は、いつもより態度がキツイ感じだな……。

男達が、だらしなく表情を緩めているからなの？

「材料が整い次第、作製させて頂きます。どの程度必要ですか？」

「……どのくらいって……アナタ、中級ポーションよ？　そんな簡単に作れるの⁉」

「材料さえ揃いましたら、可能です」

迷いなく答えるイリヤさんに、エスメさんが驚いて詰め寄った。他のメンバーは、思いがけない成り行きにぽかんとしてる。

中級ポーションは現在品薄で、商人に伝手がないと、なかなか入手できないの。

「イリヤさんはエグドアルム王国から来たの！　上級だって作れるわ！」

私が胸を張って自慢すると、えええっ⁉　と五人全員が感嘆する。気持ちいいなコレ……！

なんだか質問攻めになりそうな雰囲気だったので、私達はさっさと五人と別れた。

そして夕飯を買って帰り、お互いの部屋へ戻る。

ふと悪魔も人と同じ物を食べるのかなと思って、イリヤさんに聞いてみた。高位になるほど量も回数も必要なくなるけれど、同じ物を食べるらしい。

少なくて済むなら食費が浮くし、便利でいいなと思った。

二章　薬草採取と騎士との遭遇

レナントでの初めての朝。

私はアレシアと一緒に、スニアス湖に来ていた。薬草採取だ。町の東門から一時間ほど歩いた場所で、魔物との遭遇はほとんどない。たとえ出てきたとしても、弱い魔物くらいらしい。

広い湖には噂通りに朝もやがかかっていて、向こう岸は見えない。

誰もいない湖！　お友達と一緒にお出掛け！　何かステキ！

とはいえ、やることとは別々に薬草採取。お互いの姿が見えなくならないようにと、約束した。

「かわいい……これが朝露草！」

「え、普通の薬草ですよ？　ここら辺ではよく採れますけど……」

テンション高めの私に、アレシアは不思議そうに尋ねる。

「エグドアルムでは採れないのよ。きっと、北すぎるのね。乾燥させたものはきゅ……、研究所にあったのだけど、生の状態は初めて見たわ」

危うく宮廷の研究施設と言うところだった。気が緩むとすぐにぼろが出てしまいそうだわ……。

他にも初級ポーションや傷薬、毒消しになる薬草が生えている。ただ、これでは中級ポーションは作れない。

「もっと別の種類も欲しいのだけど……。もう少し森の奥に行ってもいいかしら？」

「ん～……、私一人なら危険かもですけど、イリヤさんなら大丈夫なんじゃ？　あんまり奥に行かなければ、ここより少し強い程度の魔物しか住んでませんし」

「本当？　行ってもいいのね。危なくなったらベリアル殿を呼べるから、巨人族が出ても平気よ！」

「出ませんよ、巨人が出ると町が滅ぶこともあるんですよ！　……ていうか、呼べるんですか？」

「ええ、契約の特権みたいなものなの」

私が魔法や召喚術の説明をすると、アレシアは目を輝かせて聞いてくれる。

だから色々教えてあげたくなる。こういう勉強会と違うお喋りも、とても楽しい。

談笑しながら細い道を辿って、少しずつ森の奥へと二人で進む。

爽やかな木々の香りが心地いい。ところどころで薬草や素材を見つけては採取し、魔物が出れば魔法で倒す。核が欲しい程の魔物は出てこない。木の根や石で歩きにくい場所もあるけど、分かれ道は少ないし、道を間違えたところで遠くへ行ってしまうことはないという。

「けっこう色々採れたわね」

「この木の実、おいしそうです！」

二人で笑い合っていると、森が途切れて開けた場所に出た。広い道へ合流したようだ。

向かいは小高くなっていて、ぽっかりと洞窟が口を開けている。

「あれ、ここ……」

「アレシア、どうしたの？」

「この洞窟です、グリフォンが出てくるのって！」

アレシアが口を手の平で押さえ、もう片手で洞窟を指す。

昨日の夕暮れに出会った冒険者パーティーが、グリフォンを倒すと話していたのを思い出した。

なるほど、ここなのね。

「洞窟とグリフォン……、お宝がありそうな気がしちゃうわね」

グリフォンは、強い種族が乗り物を曳かせた事例はあるものの、わりと獰猛な魔物。山奥の巣に人間や動物を運んで食べることもある。好きなのか解らないけど、黄金を守る習性もあるの。

今回は洞窟の中にいるという話だし、金があって守っているんじゃないかな。そうなると、食事に困った時くらいしか出てはこない。

笑う私に、アレシアは「もうっ」と頬を膨らませた。

「イリヤさん、グリフォンですよ！　冒険者だと一人で退治するのは、Cランクになってからって言われてます。中に入っちゃダメですよ⁉」

「入らないわ、心配しないで」

グリフォンでC……？　そんな強い魔物ではないけど。あ、一人ではって言っていたわ。よく考えたら、飛行系の魔物は飛行魔法が使えないと厄介だものね。私は飛べるから、その辺の考えが疎かになるのよね。

「とにかくすぐ離れましょう。中級ポーションの材料はなかったみたいですけど、他を探した方がいいですよ」

「足りないけど仕方ないわ。もっとリサーチが必要ね」

洞窟の方を気にしながら、アレシアはそそくさと広い道を歩き出した。グリフォンが出てこないか、心配みたい。少し遠回りになるけれど、こちらも町に続く道だそうだ。

洞窟を横目に少し進むと、なだらかな下り坂になっている。

採取しながら、いつの間にか傾斜を登っていたのね。

ほんの少し高いだけで、景色が広がって見える。草原や木々、向こうにある小さな村。レナントはここからだと、森に隠れてしまっていた。

ジャリ……

後ろで何かが砂を蹴るような音がした。こちらに向かう四本足の獣の気配。

私は振り向くよりも早く詠唱を始めた。

「左手は風、右手は種なるもの。炎よ我が腕に宿れ。燃え盛る剣となりて、敵を滅ぼす力となれ」

「イリヤ……さん？」

アレシアが不思議そうにこちらに顔を向ける。でも、説明している余裕はないわ。

「伏せてて！　フレイムソード！」

私は振り向いてすぐに敵を確認し、襲い掛かかってくる魔物らしき姿に向けて右手を突き出した。

右手に纏(まと)ったオレンジの炎が剣のように鋭くなって伸び、クチバシを大きく開いた魔物の体が、中心から左右に分かれる。切り口は焦げたようになっていた。

地面に倒れた姿を確認する。

鋭い爪を持ち、鷲(わし)のような上半身と翼。獅子(しし)に似た体で、大きさは熊くらい。

「……あ、噂のグリフォン」

「……え、えええ!?　まっぷたつ……!?」

目を白黒させているアレシア。その場で立ち尽くしてしまっている。

「大丈夫、もう倒したわ」

「グ、グリフォン、初めて見ました……。こんなに大きいなんて」

少し震えた声。もう心配はないけど、後ろからこんなに近づかれたから怖かったよね。

「心配しないで、また出てもちゃんと倒すから」

「縁起でもないことを言わないで下さい!!」

不安を取り除こうと思ったんだけど、余計に脅えさせたような。

とりあえず魔核を採ってみよう。この程度の魔物だと、あったりなかったりというところ。魔物の魔力の塊なので、ある程度強いか長生きをしていないと、できていないの。

確認をしていると不意に蹄(ひづめ)の音がどんどん近づいてきて、騎士を乗せた一頭の馬が、私達が向かおうとしていた方角から現れた。

「君達、危ないからその場を離れなさい！　グリフォンが洞窟から出てきたとの目撃情報が……」

そこまで告げて、男性の動きが止まった。よほど急いで来たのだろう、金茶の髪が額に張り付いている。

「こ……、これは……君達が？」

「あ、申し訳ありません。襲われそうになりましたので、迎撃致しました」

私は魔核を手に、とりあえず謝ってみた。

「あ、いや……、無事で何より……」

馬から降りた男性は私と近い年齢に見え、緑色の瞳(ひとみ)で端正な顔立ちをしている。白い鎧(よろい)姿でいかにも騎士といった風体だ。空のような水色のマントが、風にふわりと揺れる。

「……とりあえず町まで送ろう。私はジークハルト。レナントの守備を任されている」

「御親切、痛み入ります。私はイリヤと申します」

「アレシアです。あの、もしかして守備隊長さまですか!?」

右手を胸に当てて騎士らしい礼をするジークハルトに、アレシアは両手を頬に当てて目を輝かせている。

「そうだが、よく知っているね」

「知ってますよ、有名です！　この町の守備隊長さまは若くてとっても美形で、金色の髪に白い鎧の素敵なお姿で、騎士というより王子様みたいって！　噂通りです」

アレシアのテンションがすごい。どうやらこの男性は、町の女性の密かなアイドル的存在らしい。颯爽と白馬で駆けつけてくれる姿は、確かに絵本の王子様のよう。

この場合、王子様が従者も付けず単独で来るの？　とか、わざわざ一市民を？　とか、美形とは限らないからね？　とか、突っ込んではいけない。

私達はそのまま三人で町へ向かった。せっかくなので、できれば情報収集しようと思い立つ。

「ジークハルト様、少々お尋ねしてもよろしいでしょうか？」

「……何かな？」

ジークハルトの方も、私に何か聞きたいように思えた。先に私の質問を済ませてしまいたい。

「私は魔法薬を作製する為に、薬草の採取に赴いたのですが、必要とする品が揃わなかったのです。どこか採取できる場所をご存知でしたら、ご示教願いたいのですが……」

「あ、……ああ、うん。そうだね、左側に見える森には薬草の他、草原との境に香草も生えていると聞いている。山では鉱石を採掘している町もある」

私は指された先を一緒に眺めた。

左手の森は山に沿って続いていて、奥まで行けば色々あるのかも知れない。山の開拓された場所に町が見えるので、鉱石が採掘されているのはあそこだろう。

「あとは少し遠くなるけれど、ティスティー川を越えた都市国家バレンに、通称エルフの森と呼ばれる森林地帯があるんだ。そこには珍しい薬草が生えているらしい」

ティスティー川は両国の境を流れ、森は川をまたいで広がっている。

「有り難うございます、大変参考になります」

「この国の北側ではトレントなど素材になる木の魔物がいるけれど、少々危険なので自分で採取するのはお勧めしない」

「トレント、ですか」

倒してもいいけど持ち帰れるかな。トレント素材は採取したことがない。薬の材料になるものではないから、私には関係ないか。

「ところで……私も質問をしていいかな?」

「はい、どうぞ仰って下さい」

ジークハルトの瞳は、私の何かを探っているようにも映る。

「君は……」

私は守備隊長としてこの町の防衛を担う者、ジークハルト・ヘーグステット。
私がその場にいたのは、本当にただの偶然だった。
最近、洞窟にグリフォンが増えてきているとの噂があった。洞窟から近い東門の門番に、冒険者や商人達から何か新しい情報が入っていないか、聞きに行っていたのだ。

門番は朝の六時に開門し、町への人の出入りを取り締まっている。早朝に出ていくのは冒険者や遠出する商人、危険の少ないスニアス湖周辺へ採取に行く、魔法アイテム職人が多い。

スニアス湖は洞窟から比較的近く、戦闘能力のない者達がグリフォンに遭遇しては、命を落としかねない。それでも立ち入りを制限していないのは、あの付近が大事な採取の場所であり、今のところグリフォンが洞窟の外に現れていないからだ。

二人の門番と話をしていると、商人らしき男性が慌てて駆け込んできた。

「大変だ、グリフォンだ‼　グリフォンが洞窟の外に……！」

一気に緊張が走る。

商人の話だと、街道を歩いていた時に、森の入口でウサギを狩って食している最中のグリフォンを見掛けたという。彼は気付かれないよう、なるべく音を立てずその場を離れ、危険を知らせる為に走ってきたと証言した。

「……私は先に行く！　本部に知らせろ、すぐに討伐隊を出すよう！」

「は、隊長！」

私はすぐさま白馬を駆って、洞窟へ向かった。

緩く曲がった坂道を登り切れば、件（くだん）の洞窟だ。犠牲者が出ていないことを祈るしかない。

坂の上まで来ると、二人の女性がしゃがんでいる姿を発見した。

まさか襲われたのか……⁉

「君達、危ないからその場を離れなさい！　グリフォンが洞窟から出てきたとの目撃情報が……」

そこまで叫んで、女性達の向こうに倒れているモノに気付いた。

真っ二つに切り裂かれた……グリフォン？

我が目を疑ったが、確かにそれはグリフォンの残骸だ。

倒したと思われる薄紫の髪の女性の姿は、南門で昨日見ている。悪魔を連れた契約者だった。私と契約をしている妖精のシルフィーが、怖くて大きな魔力が来ると訴えてきたので、様子を確認しに行って見掛けた二人の内の一人。

私が名をジークハルトだと告げると、彼女は綺麗な所作で頭を下げ、イリヤと名乗った。同行している女性は何度か街で見掛けている。手製の傷薬や雑貨を販売する露店を開き、行商までしている姉妹の姉だ。アレシアというそうだ。

アレシアはやたら眩しそうな視線をこちらに向け、何とも気恥ずかしい私の噂とやらを早口でまくしたてた。返答に困る。対してイリヤという女性は冷静で、言葉遣いもかなり丁寧だ。その振る舞いは、とても一般市民とは思えない。

しかも魔法薬を作る素材を採りに行きたいと、周辺で集められる他の素材について尋ねてきた。高位の悪魔と契約する召喚術師で、少なくともCランク冒険者レベルの魔法使い、そのうえマジックアイテムを作製する。

……どういうことだ、出来すぎている。こんな才能の持ち主が、普通に街でアイテム作製などしているものなのか？

採取地について大まかに答えると、私は自分の疑問を投げ掛けることにした。

この町に害を為す人物なのかを、見極めなければならない。それが私の仕事だからだ。

「君は……この国の人間でないように見受けられる。その髪の色も、この周辺では見掛けない」

彼女は静かに頷いた。

「ご推察の通りです。私は故あって、エグドアルム王国から参りました。この町で魔法道具の作製や魔法薬の精製を生業にしたく存じます」

「……エグドアルム？　ずいぶん北にある国じゃないか。なぜ、こんなところまで……」

「はい、嫌な男に追われまして。権力のある相手なので、近隣諸国では懸念がありました」

「魔法薬の作り方は、エグドアルムで？」

エグドアルムは魔法大国として有名で、魔法などに関して我が国より進んでいるのだろう。

「その通りにございます。研究所に勤めておりましたので、薬を含めて様々な種類の魔法道具を作り、研究をしておりました」

いかにも聞かれると思って用意していました、というような答えに思える。しかし確認するにもエグドアルムは遠すぎるし、国交もない。本当にその国の出身かとの裏付けすら取れないだろう。

「では、グリフォンを倒した、その魔法は？」

私は慎重に質問を続けた。何か不都合な秘密を暴いた場合、襲い掛かってくる者もいるからだ。例えば彼女がかの国からの間者だったり、この国での破壊活動などの目的があった場合、疑いを持たれるだけで過激な行動に出る可能性もある。

万が一の際に連れ立って歩くアレシアという一般市民を、巻き込むわけにはいかない。踏み込みすぎては危険かも知れない。彼女はというと、きょとんとした様子で瞬きをした。

「フレイムソードは、初級から中級レベルの火属性魔法だと思いますけれど……？」

「は？　あれをフレイムソードで……？　フレイムソードにはグリフォンを一刀両断するような威力は、なかったと思うが……？」

「魔力を多く籠めれば、それなりに強化できる魔法ですから」

そんな威力を簡単に出せるのか？　それに魔法アイテムを研究していたのに、そこら辺の冒険者よりも優れた攻撃魔法を使う。両立する人間もいるとはいえ、どうも一般的なそれとはレベルが違う気がするのだが。

よもや魔法大国エグドアルムでは、このくらいで普通なのか……？

私が憂慮しすぎているのだろうか？

あの悪魔のことも聞きたいが、それを口にするのは早計だ。

「ある程度魔法を使用できる方が、質のいい魔法薬を作ることができます。魔力操作や制御、そういった能力が必要になって参りますので」

「そうか……、そういうものか」

ポーションを作る際は魔力の制御を正しくしなければならないと、聞いたことがある。

この国では冒険者が人気な為、攻撃魔法を操れる人物が魔法薬精製を仕事にするのは、少ないケースだ。軍属や王宮に仕えているならまだしも、普通に両方を学ぼうとすると金も時間もかかる。

だが他国では、もっと違う現実があるのかも知れない。

「でなければエリクサーなど作れないのに……」


彼女の誰に聞かせるでもないような小声の呟きに、衝撃が走った。

エリクサー？　エリクサーだって？　幻の薬扱いの最高級ポーションではないか……！

うっかり漏らしてしまった言葉に、彼女は一瞬ハッとした表情をして、こちらを見て誤魔化すように再び笑顔を作る。

「……尋問は以上でしょうか？　守備隊の方がお見えのようです」

チクリと刺す棘は、失言を誤魔化す為なのだろうか。紫の瞳の先には、来る時に指示した討伐隊の隊列。

他のグリフォンが外に出ていないか捜索するよう指示を出し、私は町の門まで彼女達を送った。

町に戻った私達は、早速魔法薬を精製をすることにした。
しかし一つ盲点があった。
傷薬やちょっとした薬品類ならともかく、宿でポーションは作れない。初級ポーションの材料の収穫があったというのに、なんて抜けているんだろう……。

何だかんだで宮廷の研究施設や実験設備は、かなり快適だった。

なんせ、欲しい材料を書いて申請するだけで用意されたし、資料も読み放題。特に騎士団所属の魔導師ではなく、見習いとはいえ宮廷魔導師の権限は大きいものだった。禁書すら読むことができていた。持ち出しは禁止だったけど。

ただ、殆どの魔導師が貴族だった為、とにかく邪険にされた……。


「うう……ポーションが作りたい……」

とりあえず試しに台所を借りて傷薬を作ってから、部屋に戻った私は机に突っ伏した。

久々に魔法薬を作ったから、むしろ色々やりたくなった。手に入らない薬草の代替品を探して実験をしたり、効果を高める為に効率よく魔力を注入する、ちょっとした詠唱を研究してみたり。

これを同僚のセビリノ殿や魔法研究所の所長と一緒に、議論しながら繰り返す。夜が明けるまで続けたりもしたな。研究所は本当に楽しいところだった。それに気取った貴族の魔導師は研究所には来ないから、気が楽だったわ。

「我が宮殿を提供しようかね？」

「それ、魔界のマナが入って、大変なことになりますね……？」

「面白い反応が見られそうではないか」

「そもそも行けるんですかね、人間に……？」

部屋には椅子が一つしかないので、私のベッドに腰かけて、優雅に紅茶を飲むベリアル。

からかわれている……。

いや、本気で楽しんでいるのかも知れない。ベリアルはそういう人……もとい悪魔だ。

「エリクサーを十本分仕込んで、いくつ成功するかっていう遊びがしたい」

「……そなた、国では何をしておったのだ？」

どんな遊びだとベリアルが突っ込んでくる。しかし私にはそれに答える元気はなかった。

朝は失言しちゃったしな……。何か疑われている感じで、イライラしてしまったのよね。口を滑らせてエリクサーなんて単語を出してしまったのを、バッチリ聞かれたと思う。

上級のポーションであれだけ喜ばれたんだもの、エリクサーは私が考えているよりも、かなり貴重なのかも。作れるっていうことは、あまり知られない方が良さそう。グリフォンを倒したのも、道具職人らしくないと思われたようだし。私は不審人物に映ったのだろうか。

しばらくはなるべく、隊長殿に会わないように気を付けよう。

となると、やっぱりアイテムが作りたい！

魔法を実験する施設もないし、研究する為の目新しい資料もない。魔法関係で何もしないなんて、手持無沙汰（てもちぶさた）なんてものじゃないわ。知らなかった、私って他に趣味がないんだ……。

トントン。

微妙な空気が流れる部屋に、控えめなノックが響いた。

「アレシアです、イリヤさん。ポーションを作る場所、確保できましたよ」

「ええっ！　待って、今開けるわ！」

勢いよく身を起こすと、すぐさま鍵を開けてドアを開いた。

アレシアの話では、商業ギルドが魔法薬作りの講習会を開催することがあり、その時の会場になっている建物を、使っていない時はギルド会員に有料で貸し出しているそうだ。器具が揃った実験室、講習会を催す講堂、集会用で給湯室付きの部屋があり、魔法薬やアイテム作製技術の向上、販売用の一時的な作製場所として、交流の場としてなど……、様々な目的で借りられるらしい。

勿論会員に限ってなので、アレシアが借りてくれたのだ。

そういえば会員登録してないなあ。職人登録というのもあると言っていたし、ポーションの材料が安定的に確保できるようだったら、職人で登録してみるのもいい。

やっぱり作る方が楽しいし、もともと妹とお店を開きたかったのよね。お友達と一緒にお店をやるというのも、いいかも……！

うん、販売は任せて、アイテム作りに専念というのもアリかも知れない。

そもそも接客をしたことがないので、夢はあっても自信がない。

午後からの予約が取れたそうなので、私達は昼食を取ってから出発した。

今回は私とベリアル、アレシアの三人。

作製中は周囲への警戒が散漫になりがちなので、ベリアルは護衛的な意味合いで。キアラは明日から姉妹で露店を開くと意気ごんで、その準備をしている。

目的の場所は商業ギルドのすぐ近くだった。二階建てで奥行きがある建物だ。

受付でアレシアが会員証と予約票を出して、案内されたのは地下にある魔法薬の実験室だった。

職員がカチャリと鍵を開ける。入るよう促され、初めての使用なので説明をしてくれた。

「こちらが魔法アイテムの実験室です。簡易結界が張ってありますので、多少の爆発などは問題ありませんが、器具を壊したり結界に損害を与えかねない失敗をした場合は、必ず報告して下さい。扉の鍵は閉めることをお勧めします」

それから、白板には専用のペンで書き必ず消すこと、講習会で使う器具も使用していいけれど洗って元の場所に返すこと、棚にある魔法円（マジックサークル）は意味が解らないものは絶対に手を出さないことなどを説明された。

職員の説明が終わると、アレシアが決心したように両手をグーに握った。

「あの……迷惑でなかったら、見学させてもらえませんか」

「え、最初からそのつもりでしたけど」

「いいんですか⁉」

単なるポーションだし、アレシアのお陰で作れるんだし、気にしなくていいのに。

「勿論、お友達ですし！　一緒にポーション作り、楽しいですよね」

「……イリヤさん、遊びみたいなテンションですね」

笑われてしまった。初級のアイテム作りでも、こんな簡単に作業を見せないものなのかな。

そもそもエグドアルムでは魔法養成所の授業をしたり、他の人と一緒に薬品の研究もしていたから、人に教えるのには全く抵抗がない。生粋の職人だと秘伝みたいになるのかも。

快諾したことでアレシアは喜んで、いつでも私の力になるからと言ってくれている。

六人掛けのテーブルが六つほど並んでいて、実験室はわりとこぢんまりとしていた。

道具は予想よりも揃っているので、これならすぐに作製に入れるわ。私は早速、瓶を十本ほど用意して、まずは香を焚いた。アレシアには薬草を煮詰める為の鍋を出してもらう。

「これでポーションを作るんですね」

「ええ、あまり大きくないけどね」

「お香も清々しい香り。これから魔法の作業をする感じです！」

「だから興奮していちゃダメよ、気持ちを落ち着けて精神を集中させないと」

「はい、でもなんだかワクワクして」

嬉しそうに準備を手伝ってくれるアレシア。私もポーション作りがいつもより楽しく感じる。

「他人どころではないわ。そなたもいつもより、落ち着きがないであろうが」

友達との作業で気持ちが躍ってしまうのを、ベリアルに咎められてしまった。

アレシアもクスクス笑っている。


すり鉢で薬草をすり潰しながら、香を焚いたのは部屋を清める意味もあると説明をする。そして鍋に水を満たして浄化し、緑の塊になった薬草を入れて煮詰めるのだ。

煮詰めながら魔力を注ぎ込むのが、ポーション作りの醍醐味で、最も重要な作業。

掻き混ぜながら一時間。それからザルで漉して、冷まして瓶に入れる。

「これで完成です」

出来上がったばかりのポーションに、アレシアは顔を近づけて眺めている。

「こうやって作るんですね……。私も作れるようになりたいな」

「初級ポーションは誰にでも作れるわよ。ただ、一時間掻き混ぜながら微妙な量で魔力を籠めなくちゃならないから、ちょっと根気が必要かもね」

「魔力の調整が難しいんですね……」

アレシアはノートにメモをとっている。香を焚くことと材料、水を浄化すること、煮詰める時間や魔力についても記してあった。出来上がったポーションの色や匂いについても書き加えていく。

「大丈夫よ、貴女が作る時には私が教えてあげるから」

「本当？　嬉しい、ありがとうございます！　魔力をちょうどよく出せるように、練習しなきゃ！」

二人ではしゃいでいると、棚の方からベリアルの涼やかな声がしてきた。

「……で、まだ時間があるのではないかね？」

「あっと、そうですね。……今度はマナポーションを作りましょうか」

「マナポーションですか⁉」

アレシアはまた楽しそうにする。飽きていないようで良かった。

鍋とすり鉢をいったん綺麗にして、私はマナポーション作りを開始した。こちらは通常ポーションより籠める魔力が多くなり、そして一時間半ほど煮詰める。

今回は十本ずつ、二種類のポーションを作製して終了した。

それからアレシアとは別れ、私達は商業ギルドへポーションを提出に行った。

前回と同じ水色の髪をした受付の女性に、ポーションを作ってきた旨を告げて二種類とも渡す。受け取った女性は「テストしますので、しばらくお待ち下さい」と、奥にある扉を開き、部屋の中へと入った。

ドキドキしながら待っていると、数分して女性は慌てて戻ってくる。

「あの、これを貴女がお作りに……⁉」

「はい、勿論ですが……、何か不都合が御座いましたか？」

今までと違う材料を入れたとはいえ、研究所で試した組み合わせだし、遜色(そんしょく)ない効果で完成していると思うんだけど……？

「いいえ、純度が高い出来のいいポーションで、驚きました。マナポーションも、非常に品質がいいです」

そっちか、良かった。

「では、販売には問題はないですね？」

「勿論です！　他には何か、作られていないでしょうか？」

「そうですね、今回はこの傷薬と毒消しくらいです」

カウンターの上に、ケースに入れた薬を出した。魔法薬とは呼ばれているけれど、こちらは自分で魔力を籠めるのではなく、薬草の持つ魔力に頼ったものだ。ポーションより即効性はないかわりに、実は付帯効果を付けやすいという長所がある。

ちなみに私は効能を上げるために、魔力を加えて作っている。

女性はどことなく興奮して、二つを持って再び扉の向こうへと足早に姿を消した。

「……ベリアル殿、どうしたのでしょう？　アレはポーションと違って提出しなくていいと、アレシアからは言われていたんですけど……？」

「……そなたは何も自覚がないかね？」

「……え？　おかしなものは作っていないですよ？」

「そなたに付けた教師は有能だった、ということよ」

つまり私は褒められているな。いいアイテムができていたって言いたいのね。

もともと魔法薬の精製は、ベリアルの配下の悪魔に教わったのだ。そのような些事(さじ)は任せるとか言っていた気がする。

最高のポーションと言われるエリクサー、マナポーションの最高峰であるネクタルなどの回復アイテム、それから宝石や武器への魔法付与の方法を伝授されている。護符やアミュレットについても簡単に教わり、更に宮廷で研究を続けたので、一人前になれたと思う。

召喚術や魔法は、主にベリアルに教わっている。今思えば、子供相手にスパルタだった……。

召喚術は、儀式魔術とも呼ばれている。とにかく正しい手順で呼び出すことが大切。一番に覚えさせられ、これにより彼の配下の召喚が可能になった。

もちろん、精神的、魔術的要因があるので、一度に何人も呼べるわけではないよ。

ちなみにベリアルの得意属性は火。炎の王の称号も持っている。

「お待たせしました！」

さっきよりも時間が掛かった。私の作った薬のケース二つの他に、何か書類を持っている。

「こちらも素晴らしい出来でした！　差し支えなければ、職人登録しませんか⁉　これだけのアイテムが作れるのなら講習は必要ありませんし、すぐに登録できますよ」

「本当ですか？　それならば是非、お願い致します」

書類を受け取り、ペンを執る。名前、出身、連絡先、作製アイテムの種類。

「今はまだ宿を仮住まいにしておりまして、連絡先がないのですが……」

「それなら、宿の名前をお願いします。しばらく滞在予定ですよね？　場所を移動したら、連絡を下さい。それと、こちらの項目は魔法薬製作に丸をお願いします」

職人種別という項目で、他に、武具製作、装飾品製作、日用品製作、魔法付与などがある。

作製アイテムの種類には魔法薬、魔法付与、護符製作を書いておいた。多分こんな感じ。

会員証とポーション及びマナポーションの販売許可、傷薬、毒消しのギルド認定証が発行されるので、明日の朝、宿に届けてもらえることになったよ。

認定証はギルドが品質を認めた証なので、これはいいものだよって宣伝になる。ポーション類は粗悪品が出回った結果、販売許可まで必要になったという話だ。

明日の午後から販売を開始する予定の、アレシアとキアラの露店に間に合う。

どのくらい売れるんだろう？　単なる初級のポーションだもんね。いくつか買ってもらえると、いいな。

意気揚々と商業ギルドを後にして、夕飯のお店を探す。今日はどこかで食べていこうと思う。

その後のギルド内で、あの美形は誰だったのと女性陣が騒いでいたらしい。

もちろんベリアル殿のことである。

「ありがとうございます！」

キアラの元気な声が響く。

アレシアとキアラの露店で、私も一緒に売り子をしていた。販売している様子が見たかったので。

ベリアルもいるけれど、全く興味はなさそうだわ。

「やっぱり薬が売れるのね」

「普通の傷薬は安いし、需要がありますから。ポーションは初めてだと、不安になる人もいて。たまに粗悪品があるんです！」

販売許可を得ても、提出したのと同じ品質の品を販売するとは限らないか。

「それじゃあ心配になるわね。まあ、そのうち売れるようになるかしら」

開店してからまず売れたのは、傷薬だった。それから毒消し、ポーションはまだ一本ずつといったところ。一時間ほどだし、他にも露店が並んでいるので競争があるんだろうな。

魔法薬の他に並んでいるのは、アレシア手作りの可愛いアクセサリーや雑貨。先ほど子供がお母さんにねだって、髪留めを買ってくれた。

周りのお店を見回してみる。雑貨やお菓子、武器を扱っているお店がある。薬を売っているところもあるけど、ポーションは少ししか置いていない。とはいえ露店だけでも色々なものが手に入りそう。魔法付与ありと書いたアミュレットも一つだけ売っている。後で見てみたいな。

「おお、お嬢ちゃん達！　頑張ってるね！」

見たことのある中年の男性が声を掛けてきた。確か、クレマン・ビナールと名乗った商人。

「ビナール様、わざわざ足をお運び頂き、感謝いたします」

「……イリヤさん、やっぱり堅いね！　もっと気楽に気楽に！」

彼はニコニコと頬を緩めながら、露店に並ぶ商品を一通り眺める。

「どうですか！　お姉ちゃんのアクセサリー、とってもかわいいよ！」

キアラが無邪気に商品を勧めた。この場合は薬とかの方が良いのではと思うけれど、可愛らしいなあ。ビナールは困ったように笑うだけだった。

「ポーションはやっぱり初級だけ？」

「材料がまだ入手できておりませんので。初級とマナポーションのみとなっております」

「お、じゃあマナポーションを五本貰(もら)おうかな。あと、中級以上ができたら、ウチの店にも納入してくれないか？」

ビナールの申し出は嬉しいけど、アレシア達と最初に約束しているからなあ。

彼女と目が合うと、気にしないでいいと言うように頷いた。

「露店であんまり高いポーションを売るのは、危険なんですよ。中級も少しは売りたいけど、上級は護衛のいるお店で販売した方がいいんです」

「そうだな、粗暴な冒険者もいるから。最近は冒険者の数が増えて、稼げない人も出てるって話だ。君達も気を付けろよ」

お買い上げのマナポーションを渡し、キアラが代金を受け取る。

言われてみれば、ボロボロの鎧を着けている人や、筋肉質の大きな体で、我が物顔で歩いているような男性も見受けられた。この街には常駐の守備隊がいるので治安は良い方らしいけど、全てのトラブルを防げるわけではないものね。自分で気を付けていかないと。

「それはともかく」

ビナールはそう言いながら、胸元からペンダントを取り出し、私に披露してきた。

「魔法薬の腕がいいから聞いてみるんだけど、魔法付与とかも解るかい？　これ、仕入れ先から試供品だって貰ったんだが、どう思うか誰かに聞きたかったんだよ。後で知り合いの工房に行ってみようとも思ってるんだけど」

革ひもに飾られたのは、天然石でオレンジ色のアベンチュリン。確かに漏れてくる魔力から、魔法付与されているアイテムだと解る。

しかしそれを受け取った瞬間、違和感を覚えた。僅かだけど魔力を吸い取っている。

「これは……最近ですか、入手されたのは」

「ん？　ああ、何日か前だけど……」

「何か変わったことはございませんか？　対人トラブルが増えたような……」

「……確かに、急に増えたと思う……、が……」

明らかな動揺。間違いない、と思う。原因はこのペンダントだ。

「どうしたんですか、イリヤさん。何か問題が……？」

アレシアが不安そうにしている。

「これは人との諍い（いさか）を招く呪術が掛けられています。あまり出来のいいものではありませんが、模様からも間違いないでしょう。そして僅かに人の魔力を吸い取っています。この効果を付ける理由は主に三つ。一つ目は効果を高める為、二つ目は効果の持続性を高める為、三つ目は作った人間に技量がなく、外から魔力を供給することで威力を発揮する為です」

ビナールは真剣に頷（うなず）いている。

「では、これは……」

「三つ目の理由だと思います。このように稚拙なアイテムですからね。石も粗悪なものなので、廃棄をお勧めいたします。もちろん、浄化することも可能ですが……」

「……信じよう。廃棄してくれるか」

まだ会ったのは二回目。正直なところ、アイテムに呪いが掛けられている、廃棄しろと忠告しても、信じてもらえるとは思わなかった。私は頷いて、ペンダントの呪いを封じようと思ったところで。

「面白そうではないか。要らぬのなら我が頂こう」

ひょい、とベリアルがペンダントを手に取った。目の前に掲げて、籠められた魔力を見る。

「なるほど稚拙であるな。これでは呪術が聞いてあきれる」

「ちょ、持たないで下さい！　早く返し……」

全く聞く耳を持たず、アベンチュリンの部分を右手で握る。

すると指の間から魔力が濃い赤色を帯びて溢れ、煙のように消えていく。彼が手を開いた時には、オレンジだったアベンチュリンに怪しい赤い光が宿り、不穏な魔力に覆われていた。

「うわああ……！　これは立派な呪いのアイテムですよ！」

「……えええ!?　呪いのアイテム!?」

私の叫びを聞いて、ビナールとアレシア達は逃げるように後ろにのけ反った。

当のベリアルは涼しい顔で、口端をニヤリとあげている。

こんな石でここまで完成させるのは素直にスゴイと思うけど。魔力を籠めつつ、呪いを籠めつつ、石の強度を上げて最初の呪術を塗り替えるなんてスゴイけど。

迷惑でしかない！

「どうするんですか、コレ……。世に出さないで下さいよね！」

「ふむ、なかなか良い出来になったわ。人間になぞ下げ渡さんから安心せい」

出来上がりにご満悦のベリアル。周りの反応は一切無視だ。

「イリヤさん、そんなに怖いんですか？　このアイテム……」

アレシアが身を竦めて、恐る恐る私に尋ねる。

「……持っているだけで、死に至ります」

他に言いようがない。キアラはひゃっと短く悲鳴を上げて、姉のアレシアにピッタリくっついている。アレシアの方も肩を強張らせて思わず一歩下がり、キアラの足を踏みかけた。

二人とも怯えちゃってるよ！

「……イ、イリヤさん……？　この方は、いったい……？」

ビナールがギギギッとゆっくり首を動かして、私に顔を向けた。

説明して、というより、助けて、という視線に感じる。

教えるしかないか……。秘密でもないしね。

「実は、彼は私が契約している悪魔でして、呪いに関してはある意味スペシャリストなんです……。そもそも呪いは悪魔が使う技法でして、人間は悪魔から示教されていますから……」

「そう……ですか」

頷いてはいるけれど、まだ理解が追い付かないというような、気の抜けた返事だ。呪いのアイテム作りを目にする機会なんて、普通はない。

「浄化は不可能に近いですね……」

「それは差し上げます！　差し上げますから！」

大事なことだからか、二回言われた。私でもこれを返されたら、たまらない。

それにしても怯えさせてしまった。いいお客さん兼商売相手になりそうなのに。

何か……挽回（ばんかい）を！

「あ、アレシア。後でお金を払うから、このペンダントいいかな？」

「……はい、どうぞ！」

「お買いあげ、ありがとうございまーす！」

何とか気を取り直したアレシアと、実はあんまり解ってなかったんじゃないかなというキアラが、元気に答える。

了承を得てから長方体に似た、少し歪（いびつ）な形の水晶を手に取った。これも皮ひもに通してあって、外れないように結んである。

値札用の紙に円と五芒星（ペンタグラム）、力強い名前を書いて、その上にペンダントトップの天然石を置く。

「では……。大いなる精霊、石に宿りし生命よ。我が声にこたえ、顕現せよ……」

詠唱しながら魔力を流し込めば、水晶は淡く銀に輝いた。魔力で文字を浮かび上がらせ、特定の効果を持たせていく。これが魔法付与だ。石が最も付与しやすく、武器や防具などにも付与できる。

映し出された文字が水晶の奥に刻み込まれ、透明さを取り戻せば付与が終了。

「驚かせて申し訳ありません、これは敵からの攻撃魔法軽減の効果を持たせました。数年ほど効果は続きます」

そっとビナールに差し出すと、相手は石と私を見比べた。

「……これを、俺に？　しかしさっき相談して、廃棄してくれって言ったのは俺だから、気にする必要はないよ？」

「こちらこそご迷惑をお掛けしましたので。お近づきの印だとでも思って頂ければ……」

「なら有り難く頂戴しようか。ありがとうよ、イリヤさん。またよろしくな」

「はい、こちらこそ」

そんなこんなで露店の一日は過ぎていく。

「……クレマンじゃないか。屋台を見てきたのか？」

目的を果たして帰ろうとする背中に、声が掛けられた。ビナール商会の代表者である俺を、名前で呼ぶ人物は限られている。

武器・防具職人であるドワーフのティモだ。ドワーフは鍛冶が得意な種族として有名だ。彼は昔からの友人であり、仕事仲間。そして尊敬すべき、鍛冶のマイスター称号を得た職人でもある。

先日少し言い争いになってしまったからか、いつになく気まずそうにしている。

「ああティモ。この前、上級ポーションを俺が探してたって、覚えてるか？」

「覚えてるとも。手に入らんって走り回ってたろう」

ドワーフ特有のがっしりした肉体に低身長の彼は、短い脚でとことこと近づいてくる。

「アレをな、手に入れられたんだよ。作ったのはまだ二十歳過ぎくらいの若い女性だ。イリヤって言うんだが、今も彼女に会ってきた」

「まさか、上級をそんな若い娘っ子が⁉　……実は作ったのは親だった、とかじゃねえか？　担がれてるぜ、そりゃ」

当然の反応だろう。まあ実際に手に入るなら、本人が作ろうが他人が作ろうが、効果さえ確かなら関係ないが。

「エグドアルムの研究所に勤めてたって話だから、本当っぽい気もするが……」

「俺はむしろ騙されてると思うぜ。あんなばかっ遠い魔法大国の名前をわざわざ出すなんざ、詐欺の手段じゃねえのか」

「……それで、この前の石だよ」

石という単語に、ティモは苦い表情をした。

魔法付与された件のオレンジの石が、ケンカの原因だったのだ。

あの時俺は、この石を貰ったのだとティモに披露した。彼は良くない感じがするから手放せと言ってきた。いつもこの男の率直で飾りも偽りもない言葉を快く思っていたのに、その時は何故だかとても不快に感じて……。そして、魔法も使えないヤツに何が解る、せっかくくれたものにケチをつけるのかと、苛立ってケンカ腰になってしまった。

他にもこの石を手に入れてから、些細な言動が気に障ったり、言いがかりのような文句を言われたりというトラブルがあった。イリヤさんから不和の呪術が掛けられていると告げられた時、胸につかえていた焦燥感がストンと落ちて、そういうことだったのかと理解できたほどだ。

だから素直に信じられたのだ。

「……あの石の話は平行線になるぞ」

「そうじゃない、アレをその娘にも見せたんだ。すぐに顔色を変えて、対人トラブルはないか、諍いを呼ぶ呪術が掛けられていると忠告された」

「……一目見てか？　確かにあの時のは、お互いおかしかったと思うが、だからっつってもよ……」

　そんなにすぐに見破れるものでもない。確かに自分でも、誰かに同じことを言われればそう答える。ティモは半信半疑で首を捻っている。

「それだけじゃない。廃棄してくれと頼んだら、その隣にいた男がひょいっと取って、稚拙だとか呟いて、その呪術の掛けられた石を握ったんだよ。そしたら赤い煙が指から出て、開いた時には背筋が凍るような寒気がスッと走ってさ。石も余計不吉な、だが美しくて魅入られるような……、とにかくヤバイ感じになった。その娘は人を死に追いやる呪いの道具になったって焦ってたな」

　あまりにも衝撃的な出来事だったから、うまく説明できている気がしない。

　あの場面を目撃していなければ、想像がつきにくいだろう。なんせそんな凶悪な呪いを付与できる人間などそうそういないし、出来るとしても、結界を張った締め切った部屋で何重にも呪術をかけて行い、場合によっては生贄まで捧げるという。

　握ったら死の呪いですよ～なんて、子供の遊びかと突っ込みたくなる。

「……まあ、お前がウソをつくとは思わねえけどさ……」

　眉根を寄せるティモに、まあなと笑った。

「その男は、彼女が契約している悪魔だと言うんだ。まるで人間にしか見えんのに……」

「……本当でも嘘でも、とんでもない女だな。そりゃ……」

「全く、とんでもない。しかし品質のいい魔法薬を作る。俺が信じるのは、人間よりも作られた商品だ。妥協しない、いいものを作るヤツは信じられる人間だ、ってな」

「まあお前らしいぜ」

顔を見合わせお互いに笑って、しばらく沈黙が訪れる。

暮れ始めた街の魔石を使った街灯に光が灯り、露天商はバタバタと片づけを始め、隣に挨拶をして去っていく、いつもの風景。

依頼から帰って来た冒険者や、着いたばかりの商人が宿を探したり、店へ食事をしに入ったり。

「……あの石は、よく革の防具を仕入れる職人から貰ったんだ。どっからこの石を持ってきたと聞いたら、見知らぬ商人から買い取った材料のおまけで貰って、俺と誼を通じたいから一つ渡して欲しいと頼まれたそうだ。だが、その後あいさつにも来ない。多分商売上のナンカだろうがな……」

「……難儀なこったな」

「まあ、お前も気を付けろよ。依頼人を叱り飛ばすんだ、トラブルは俺より多いだろ」

「ほっとけや。ろくに腕もねえ、武器がお飾りにしかならねえような奴に、俺の作品は渡せねえんだよ」

やっぱり、こいつのプライドは何より信頼できる。本当に何故、あの時あんなことを言ったのか。

気付かない内に心を侵食する、アレが呪術の力なのか。だとすれば信用や繋がりが大事な商人にとって、かなりの脅威になる。

はあ、とため息が出た。

思わず胸に手を当てたところで、不意に布越しに当たる硬い感触があった。服の下にあるのは、貰ったばかりの、水晶が皮ひもに通されているペンダント。

取り出して、ヤツの前で揺らす。

「ああこれ、その娘がお詫びとお近づきの印にってくれたんだ。攻撃魔法軽減の魔法が付与されてるらしい。いいだろ？」

「ああ⁉　そんなすげえもん、くれんのか？　やっぱり騙されてんだろ！」

うーん、ティモはティモだ。

しかし今度はこの前の石の時と違い、ティモのやつまで欲しがり出した。

俺はあの姉妹の露店の場所を教え、魔法アイテム職人のイリヤと、一度見ただけのベリアルという悪魔についてヤツに話してやった。

幕間　エグドアルム王国サイド　一

私の名前はエクヴァル・クロアス・カールスロア。

エグドアルム王国のカールスロア侯爵家の三男だ。

剣を得意とし、召喚術も少々扱うけれど、魔法はあまり得意ではない。魔法大国の貴族の血に連なる身ならば魔法を学ぶことは義務のようなものではあるが、無理にやれと強制されれば、やりたくなくなるものだろう。

最近我が国では、「ちょっとそこの宮廷魔導師ども、まとめてツラかせや」と言いたくなるような、とんでもない不祥事が起きた。シーサーペント討伐の王命が下り、騎士団と協力した宮廷魔導師達により、それは三日ほど前に速やかに実行されたんだけど。

しかし実は海龍（かいりゅう）で、若い女性の宮廷魔導師見習いが犠牲になっちゃいました！

……という、信じられない事態になった。緊急だからと、碌（ろく）な調査もしないからこのような事態になる！　そもそも海での脅威に対して下調べが不十分だなど、それだけで許されない。

むしろ一人の犠牲で済んだのが奇跡としか言いようがない。船に攻撃が当たったり、当たらなくとも転覆してしまえば、最悪飛行できない者は全員帰ることができなかったろう。

女性の捜索は海龍の調査と並行して続いているが、どちらもまだ発見されていない。

魔導師見習いの女性が見つかり、海龍が消えてくれるのが最も好ましい結果だが……。飛行魔法を使える者が三日経っても発見できないとなると、女性に関しては絶望的だろうね。国からの討伐隊は、基本的に第二騎士団から派遣されている。

第二騎士団は独自の訓練場を持ち、様々なタイプの対魔物戦闘の訓練を課せられる。現在は交戦中の国はなく、あってもせいぜい国境での小競り合い程度なので、ほぼ討伐専門の第二騎士団が、騎士団の中でも最もケガの多い部署なんだ。

私は何気なく訓練場の近くへと足を向けた。

いつもは複数の掛け声とともに集団で巨体の魔物を倒す訓練や、騎士団所属の魔導師との共闘訓練などが行われていたのだが、今日は数人が座って力なく会話をしているだけだった。ちなみに半数はまだ捜索に出掛けている。

「……すみれの君、やっぱりもう……」

「……かなりやばい龍だったらしいな。皆が生きて帰れたんだ、イリヤ様も喜んでるよ……」

〝すみれの君〟とは、亡くなったと思われる女性のことらしい。そう、イリヤと言ったんだった。よほど第二騎士団の連中に好かれているようだね。

「さっき伝令が来たよ。……すみれの君は見つからず、セビリノ殿はまだ放心状態らしいな」

「……セビリノ様はイリヤ様と一緒に残ると仰ったらしいんだが、船の避難を手伝うように言われてしまったそうだ。やはり自分も残るべきだったと、かなり後悔をされていた……」

「やるせないな……。すみれの君は死を覚悟していたようだって話だしな」

……残る？　船の避難？　死を……覚悟？

彼らの言葉に、違和感を覚えた。

私が聞いた話では、思いがけず海龍に遭遇し、見習いだった女性は恐怖から動けなくなり、逃げ遅れて亡くなったということになっている。国王陛下にもそう報告されていたはずだ。

使い魔を差し向けて更なる会話を注意深く探りながら、私は耳を疑った。

「すみれの君が一旦は完全に龍の攻撃を防いで、傷までつけたんだ。善戦されたよ。しかしあの巨体の尻尾がどこから飛んでくるかなんて、解らないさ。防御のしようがない。セビリノ殿が残っても……悪いが、犠牲者が増えただけだろう」

「……てか龍の攻撃、防いでたんだ」

「船に乗ってたヤツの話だと、完全に死ぬと思ったって言ってたな。攻撃と大波、両方完全に防いでくれて、何とか逃げられたんだって」

一人で龍の攻撃を完全に防いだのか……⁉　魔法の腕は確かだとの話だったが、そんな飛びぬけた才能の持ち主だったとは聞いていないぞ！

「今までも、すみれの君がいてくれたからってところはあるよな。これからの討伐、どうなるんだ……？」

「あの方がいない時も何とかなっていたんだから、どうにかなるとは思うんだが……。緊急事態に対応できなくなりそうだ」

「下手すると、エリクサーは今ある限り……かもな」

同僚の言葉に、隣に立つ男が頷く。

「ああ、第二騎士団にはほとんど配給されないからな。すみれの君がお手製を、差し入れてくれていた以外は……」

「やめろ、無意味に飲みたくなる」

手料理じゃないぞ、と突っ込みたくなったが、それどころの話ではない。

話が報告されているものと全然違う‼


イリヤという女性は討伐の際、後方支援として参加することが多く、今回が初の実戦投入だった。女性らしい心遣いで、騎士団と宮廷魔導師側の橋渡しにもなっていた。

……という、どちらかというと戦闘には関わらない、支援型魔導師であるように伝えられている。これまでの会話から察するに、実際は何度も討伐に積極参加させられ、指揮まで執っていた可能性がある。そしてエリクサーを提供……エリクサーを。

エリクサーは、宮廷魔導師になる為に提出しなければいけない課題の一つ。最上級の回復アイテムだ。最近はコネ貴族どもが課題も試験も免除されて、形骸化していると言われているが……。実のところ、宮廷魔導師でもマトモに作れなかったり、作れるとしても成功率が極端に低かったりして、数を確保できていない。

それを、見習いが騎士団に提供していた……⁉

それも、たまたま成功した物を渡したというより、足りなくなれば補填していたのではないか……？

そんな有能な女性を、むざむざ死地に追いやったというのか⁉

くだらない言い逃れだらけの宮廷魔導師長の顔を思い出し、胸がムカムカする。

あんのジジイ、真実を報告させないように権力で押さえつけてやがったな……！

そんな危険な討伐をしっかりした調査もせず、見習いの、しかも女性に押し付けていたなどと知られれば、非難は免れないからな。

魔導師達は表立って逆らうことは出来ない。

それに王立魔法研究所も実験部も養成施設も、魔法関係は全て宮廷魔導師の直下になっている。

つまり機嫌を損ねると、騎士団の連中にポーション類が渡されなくなってしまう。だからこそ皆が口を噤むしかなかったんだろう。

宮廷魔導師長め、常々害悪だと思っていたが、それ以上の公害だ。公爵だろうが知ったことではない、待っていろ！　その座から蹴り落としてやる……！！

私は更なる調査の許可を求める為、今聞いた話を洗いざらい主にぶちまけに向かった。

三章　露店の一日

ポーションや傷薬は、日を追うごとに売れ行きが良くなっている。

私は採取に出掛けたり、たまにお店でどうしても足りない材料を買ったりして、魔法薬の精製に勤しんでいた。

それだけじゃない。この前の魔法付与を見て、アレシアから自分の作ったアクセサリーに、私が魔法を付与してはどうかと持ち掛けられた。願ってもない申し出に、勿論（もちろん）二つ返事で了承したよ。

天然石を使った十個のアクセサリーを借りてきて、宿の部屋で魔法付与をしている。

魔法の効果を高めるもの、敵からの魔法を軽減するもの、身体能力を上げるもの、思考をスムーズにするもの。一つ一つ丁寧に魔力を籠（こ）めて完成させていく。一般にアミュレットと呼ばれる品。

このアミュレットの上位版が、タリスマンになる。

最後の一つは翡翠（ひすい）。私はそれに、回復魔法を仕込もうと思う。

魔法自体を付与するには、石が許容量を超えて壊れないよう、通常の付与よりも注意する必要がある。しっかりと浄化して、石の強度を上げる為の魔力を注ぎ込んでから、魔法を入れるのだ。

紙に書いた魔法円（マジックサークル）の上に石を置き、これまで以上に石へと意識を向ける。

「柔らかき風、回りて集え。陽だまりに揺蕩う精霊、その歌声を届け給え。傷ついた者に、再び立ち上がる力を。枯れゆく花に彩よ戻れ……」

これは初歩の、風属性の回復魔法。石を握り弱い魔力を通して、ウィンドヒールと唱えるだけで発動される。石の魔力許容量から、二回分にしておいた。アレシアが使っている石は魔法を付与するのには品質はそこまで良くないんだけど、弱い魔法ならばなんとでもなる。

「よーし、全部できた！　自分で付与したものを使ってもらうって嬉しいな。第二騎士団の人達にしか、渡したことないのよね」

椅子から立って、思いっきり伸びをして体を反らした。

剣にあしらわれた宝石に炎魔法を付与したり、鎧に魔法軽減を付けたりと、戦いに関する比較的高度な付与ばかりやっていた気がする。ちなみに剣は威力が強すぎるとダメ出しを食らった。つい頑張りすぎた。

出来上がったアクセサリーを持って、アレシアとキアラの露店へ向かう。

新商品があるんだし、せっかくだから私も一緒にいて説明をしたい。食べたい物は自分で買い物してきてと伝えると、ベリアルも付いてきた。

二人の露店では既に販売を開始していて、お客さんが商品を選んでいる。どうやら何か買ってくれたようで、お金をやり取りしている姿が見えた。

「ありがとうございました！　あ、お姉ちゃん、イリヤお姉ちゃんだよ！」

接客していたキアラが私に気付いて手を振る。アレシアも嬉しそうに、こちらに顔を向けた。

「イリヤさん！　おかげさまで最近は、売り上げがどんどん増えてますよ！」

「それは嬉しいわ。はいコレ、新作よ。ここに並べていいかな？」

早速十個のアクセサリーを出すと、空いている場所に並べさせてもらった。そして効果を書いた札を紐でくくりつける。

「あ、イリヤ！　何か新商品ある？」

並べ終わるのを待っていたかのようなタイミングでやってきたのは、冒険者パーティー「イサシムの大樹」のメンバーで治癒師の女性、三つ編みのレーニだ。あれから露店で数回顔を合わせたので、少し距離が近づいた気がする。

「……この前のポーション、良かったわ。マナポーションも助かったし」

ちょっとぶっきらぼうに話すのは、魔法使いの女性エスメ。

「イリヤさんのポーション、殆ど中級かってくらい効果ありますよ！」

「毒消しも効果が早いッスね～！」

リーダーで剣士のレオンと、軽い感じの弓使いラウレスが続け様に話し掛けてきた。

重装剣士ルーロフは黙って目礼してくれる。メンバーの中で一番無口な人だ。私も軽くお辞儀をして、意気込み新たに新商品の説明を始めた。

「ありがとうございます、こちらの魔法付与をしたネックレスを新しく製作いたしました」

「魔法付与⁉」

一番に食いついたのは、魔法使いのエスメ。いいよね、魔法付与！　って言いたくなる。

「はい、アレシアが作ったネックレスに、私が付与いたしました。効果は……」

一つずつ説明して、最後に翡翠に向かって指を揃えて指し示す。

「こちらは回復魔法を付与してあります。使用回数は二回です」

「え、何それ。露店で売るレベルじゃないんですけど……⁉」

エスメはまじまじと翡翠を見て、手に取ってもいいかと聞いてくる。了承すると、宝物でも持つように両手で大切に包んでくれた。他のメンバーも、その石に顔を寄せている。

「マジ……、そんなスゴイの？」

「リーダー、買おうぜ！　俺って弓だし少し離れてたりすると、回復届かない時あるんだよ！」

「ばっか、高いに決まってるでしょ！」

レーニが興味を持った二人を、慌てて止めに入る。

「……そういえば、値段を考えておりませんでした。相場が解らないんですよね」

「魔法付与されると、効果によってはゼロが一つとか平気で増えますよね。魔法自体を封じ込めてある場合って、どうなるんですか？」

アレシアにも解らないようだ。ていうかゼロ増えるの？　高すぎない⁉

とりあえず値段はアレシアに任せることにしてしまった。回復魔法を付与したネックレスは、お試し価格として他の魔法付与アミュレットより少し高いくらいの設定になった。

欲しがっていたラウレスに無事ご購入頂けた。使い方を教えている間、他のメンバーがポーション類や、私やアレシアが作った薬類を買ってくれている。本当に上客だ……！

そうだ、素材の採取場所について情報が欲しかったので、いい人達だし思い切って質問してみることにしよう。

「ところで差し支えなければ、お尋ねしたいことがあるのですが……」

「ハイハイ何でも～！　この後の予定は夕食です！」

弓使い君はご機嫌すぎて意味が解らない。とりあえず話を進めようと思う。

「いえ、もっと様々な種類の薬草が欲しいのです。以前エルフの森というところがあると耳にしたのですが、もし情報をお持ちでしたら、お聞かせ願いたいと思うのです」

「エルフの森……」

五人は声を低くした。

「あそこは確かに上級ポーションの材料も揃(そろ)うって噂ですけど、それ以上に危険がありますよ。冒険者を雇った方がいいですね。僕らよりも上のランクの……」

リーダー・レオンの真面目な顔、初めて見た気がする。そんなに危険があるんだろうか。

「盗賊も出るのよ。都市国家バレンの領地で、あの国は幾つもの都市がそれぞれに独立した形になってるの。一応全部で国ってことになってるけど、連携とか良くないのよね。各都市が種族ごとだったりするのもあってね。隙間をぬって盗賊が暗躍してる感じ」

「森にもここより強い魔物が出るわ。森の向こうに、ドルゴって人間中心の大きな町があるから、まずは森を迂回して行って、そこで慣れた冒険者を雇うのも手よ」

レーニとエスメが詳しく説明をしてくれる。討伐依頼をこなしたり、その為の情報収集を欠かさない冒険者という職業だから、危険には敏感なんだろう。

「そういや、最近は人さらいも多いらしいッスよ。行くなら本当に気を付けて」

買ったばかりのネックレスを首に掛けながら忠告してくれる、弓使いのラウレス。

「御心配頂き、ありがとうございます。危険だと感じましたら護衛を雇いますし、私にはこのベリアル殿も……」

振り向くと彼はいなかった。

えええ！　紹介しようとした私、バカみたい……！

「ベリアルさん、退屈して行っちゃったよ」

困ったようにするキアラ。とりあえず話題を転換しよう。

「それはともかく、あの……、そう！　そのドルゴという町については何かご存知ですか？」

ぷっと笑うのはエスメだ。気にしない……！

「ん～……、そうだ！　すごい職人さんがいるんですよ！　ラジスラフ魔法工房って名前で、上級ポーションを他国にまで卸してるんです。そのラジスラフって親方は、ハイポーションも作れるらしいですよ」

レオンも少し笑いをこらえた感じで答えてくれた。

「それは是非伺いたいです！」

今まではセビリノ殿と一緒に魔法関係の研究をしたり、新たな理論について話をしたりしていたけど、そういう相手もいなくなったからなあ……！

ああ……魔法談義……したい！

「でも偏屈な人って噂だぜ？　初対面じゃあ、会わせてもらえないんじゃね？」

ラウレスの懸念も尤もだわ。確かに、そういう人なら忙しそうだし、お弟子さんも沢山いそうね。いきなり訪ねても、相手にしてもらえないかしら。

「おや？　やっとDランクになった、イサシムの田舎者連中じゃねえか。こんな子供の露店で買い物かよ」

背が高くて筋肉質な三人の男が、後ろから揶揄してきた。革の全身鎧を着込んでいて、三十代から四十代前半くらいに見える。

「……お前らだってDランクだろ、〝パワーファイター〟」

レオンは睨みつけるが、相手は三人とも彼よりも一回りも大きな男だ。皆が警戒しているのが解る。私は不安げなアレシアとキアラを後ろに下がらせ、成り行きを見守った。

「レーニにエスメ、こんな奴らよりCランク間近の俺達とパーティーを組んだ方が得だぜ⁉」

「嫌に決まってるでしょ、万年Dランクなんて！」

「この女ァ……！」

エスメ、煽（あお）ってない⁉

男の一人がエスメに向かおうとするのを、レオンが押し返そうとする。しかし力の差が大きすぎて、すぐに振り払われてしまった。

「邪魔すんじゃねえ、ヘタレども！」

二人を庇（かば）おうとしたルーロフが、突然腹部に前蹴（まえげ）りを入れられて倒れた。この中で一番力がありそうだから先に攻撃したんだろう。もう一人、弓使いのラウレスが接近戦で敵うわけがない。

お前もやるのか、とばかりに一人がラウレスの前に立ちはだかっている。

「ちょっと、離して！」

魔法使いのエスメの、細い腕を頑強な男が捻（ひね）りあげた。体格差のある男性が力任せに引っ張るのだ、エスメの顔が痛みに歪（ゆが）む。

「止（や）めなさい、みっともない‼」

思わず叫んで飛び出してしまった。

でも私も、魔法以外何もできなかった……！

一瞬、視線が私に集まった。お腹を押さえて立ち上がる途中のルーロフも、心配そうな視線を向けてくる。目立って標的にされることを、懸念してくれているのだろう。

エスメを掴（つか）んでいる男が、私に向けてもう片腕を水平に振った。

突然なので、避（よ）けられない。お酒の匂いがするし、この人達は酔ってるのかな⁉

「イリヤさんっ……！」

アレシアとレーニの心配そうな声。

バンッ！

顔に当たりそうになるのをなんとか腕で防いだけれど、強い力と勢いで、後ろにすっ飛ばされる。

相手の手甲が硬くて痛い。

そのまま倒れそうになった私を、地面に倒れる前に誰かが支えてくれて、止まった。

「大丈夫か？　君は魔法使いでは？　……なぜ飛び出したんだ」

町の守備隊長、金茶の髪のジークハルトだ。

「……お助け頂きありがとうございます。しかし飛び出したのに、何故と問われましても、思わずとしか申し上げられません」

緑の瞳が優しく揺れた。そして乱暴を働く男達を睨みつけ、剣の柄に手をかける。

「またお前達か！　いい加減にしないか、これ以上は、私が相手をする！」

常習犯ですか……。

男達は迷わず剣を抜き、ジークハルトに斬り掛かった。

「うるせえ‼　ぼっちゃんが、いい気になるなよ！」

厚みのある重そうな剣を振りかぶるが、振り下ろした時にはジークハルトはいない。

ほんのすぐ脇にそれ、剣の柄頭で攻撃してきた相手の脇腹を打った。

「っ……！」

革の鎧越しでも痛かったらしく、小さな呻きが漏れる。男が打たれた部分を押さえて前屈みになるのを避け、前に出たジークハルトに二人目が槍を向ける。

二人目が躱されるともう一人の男が斬り掛かり、移動しながら何度か剣戟の音が響いて、最初に打たれた男も再び攻撃に加わった。

五人のメンバーは自分達以上に実力のある彼らの戦いを眺め、発端であっただけにどうしたらいいのか迷っているようだ。レーニは腕を痛めたエスメに薬をぬり、寄り添うように傍にいる。

アレシア、キアラの姉妹は露店に隠れて、祈るように見つめていた。

気が付くと男の内の一人が、少し離れた場所に移動している。最初に戦いに加わっただけで後ろに下がったと思ったら、魔法剣士だったようだ。のろのろとした詠唱が聞こえてきている。

「左手は風、右手は種なるもの……」

フレイムソードですか、はいはい。

これを実戦で使っているんだろうかと疑問になるほど、魔法の練りが甘いし詠唱の速度も遅い。なかなか魔力が収縮されていかないのだ。

「炎よ我が腕に宿れ……」

ジークハルトも気が付いているようだが、さすがに剛腕の二人、剣と槍を相手にしながらでは、どうしようもないらしい。

斬り捨てていいのなら簡単なのだろうが、一般人の、しかも若い女の子の目の前なので、気が引けるのかも知れない。

しかも周囲に被害が及ばないよう、注意しながらなのだ。早く他の守備兵が現れてほしいものだ。

「日のある所に影は存在する。影なるものは、我と一つにて二つなり。立ち上がりて模れ、時は其をとどめおかんとす。イリュージョン・シャドー」

彼一人に任せるのは申し訳ないわ。私は魔法の詠唱を開始した。

「真理は不変、森羅万象より大いなる威をもって求める。乾きたる地に染み込む水のように、風に煽られる火種のように」

二つ目の魔法が完成する頃、ようやく男が詠唱を終えた。

「くらえ！　フレイムソード‼」

「……イリヤ、何を……っ⁉」

何もせず突然現れたように見えたろう。相手の槍を叩き折ったジークハルトが、魔法を唱えた男と自身との間に私がいるのを確認し、驚愕している。炎は私を貫き、燃え上がらせた。

「きゃああ‼　イリヤッ！」

これはエスメの悲鳴ね。魔法使いなのに気付かないなんて、まだまだね。

男性のメンバー達は言葉が出ない、という風に見えた。

魔法を唱えた男は、図体のわりに気が小さいのか、手が震えているように見える。衆人環視なうえ、守備隊長の前だからかしら。

それにしてもあんなに離れてフレイムソードなんて、臆病すぎる。第二騎士団の皆は、剣にフレイムソードを纏わせて、敵を貫いてから魔力を放出していた。

「こ、この女が邪魔しやがったんだ！　俺は知らねえからな！」

「こんな遊びのような炎では、知らないとしか言いようがないですね」

私が言葉を発すると、フレイムソードを食らったと思われた姿は消えた。同時に炎も掻き消え、魔法はキャンセルされたように見えたろう。

振り向いた男の目が、赤い炎を捉える。私の右手の上で、フレイムソードとして発動されたはずの焔が揺れていた。

「イリュージョン・シャドーです。気付きませんでした？　貴方が攻撃したのは、幻影ですよ。そして……この種火のような火は貴方のもの。マナドレインで、魔法を吸収させて頂きました」

信じられない、という風だ。ジークハルトも息を呑んでいる。

マナドレインとは普通、魔力自体を吸い取るものだ。

魔法が発動されてからでは、魔法として変換された魔力を再び単なる魔力の状態に還元してから吸い取ることになる。とても効率が悪いので、よほど力量差があるか、得意な属性で自信がある場合しかやらないだろう。

今回の場合は相手が遅すぎて充分還元させる時間があったし、それでもまだ詠唱が終わらないのでうまく魔法として炎にならなかった分も集めて吸収した。そしてそれを私の手で、再び炎の形に戻したのだ。

解る人が見れば、何を無駄なことしてるの？　と、言われると思う。吸収した方が周りが巻き込まれる心配もないかな、と思ってやってみたわけだけど。

そもそもマナドレイン自体、制御が難しくて使い勝手が悪いと人気のない魔法なので、魔力が余っているのにわざわざ使う者もそうはいないだろう。

「炎というのはこういうものです」

私は更に魔力を流し込み、数倍にも炎を膨れ上がらせた。それは天に向かい、幻のように消えていく。

「ま……魔力量が……すごいんだけど……」

エスメが呟（つぶや）いた。

他の露店の人や、通行人が見守っていたはずだけど、しんと静まり返っている。

「う……うるさいバケモノめ……！」

何を錯乱したのか、魔法が通じなかった男は剣を持って私に向かってきた。ジークハルトは止めようとしてくれたようだが、気付くのに一瞬遅れ、動き出したが既に遅い。

「……我の仕事であるな」

スッと、私の横を赤い髪をした影のような存在がすり抜ける。

ニヤリと笑う表情は、さすがに悪魔だ。

斬り下ろす剣に素手をかざすだけで、相手は手前で動けなくなる。

「な、な、な……」

「さて、懺悔の時間である」

そう言ってパチンと指を鳴らすと、二人を取り囲むように円柱状に周囲の建物よりも高い、火の壁が出来上がった。

「おいテオ……⁉」

ジークハルトと戦っていた、男の内の一人が手を伸ばそうとする。

荒くれ者でも、仲間は心配らしい。

…………

あ！　もしかして壁を作ったのって、中でヤバいことをする、隠ぺいじゃないかな⁉　惨殺死体が出来上がらないかな……！？？

しまったと思い、私は炎の壁に駆け寄った。

「何してんだ⁉　危ないよ、イリヤさん……！」

いつもはおちゃらけたラウレスが心配してくれる。

しかしこれは私が契約している悪魔、ベリアルの炎なのだ。私を守る条項があるので、私に害を及ぼすことはない。

その証拠に、入口を作って招き入れるように、スッと火が引いてくれる。

「……ベリアル殿、この程度でよろしいのでは？」

目にしたのは、片手で首を持って筋骨隆々の男を軽々と持ち上げるベリアルの姿だった。

テオと呼ばれた男は苦しそうに助けを求め、涙まで流していた。酔いは完全に醒めてるね。

「我の契約者に狼藉を働くなど、許されぬ」

赤い瞳が冷酷なまでに昏い輝きを放っている。

「……それに、久々の供物なのだよ」

あ、だめだコレ。楽しそう。なぶり殺しルートに突入している。

私まで共犯にされそうなんだけど……。

彼との契約には私の許可なく他者を殺害しないという条項があるが、第一の条項、私の生命・生活を守るという内容が優先される。極端に言えば、私に対して小石でも投げれば敵対行為と見做され、私の同意などなくとも彼が殺してもいいことになってしまうのだ。

なぜ私がテオとやらの助命嘆願しなければならないのかとも思うが、放っておくわけにもいかない。

「私は無事です。矛を収めて下さい。騒ぎを大きくされるのも困ります」

「……つまらんな。ではイリヤよ。そなたが我の炎を鎮められれば、終わりとしよう」

「二言はありませんね？」

「勿論である」

念押しをして、私は炎の目の前に立った。

「そなたが触れようとすれば隙間程度はできるが、すぐに修復されようぞ？」

挑戦するような笑み。

ベリアル閣下謹製の業火が簡単に消えるはずがないなんて、私が一番解っている。

けれどそれは、魔法では、という話である。ベリアルに貰った、彼の魔力が籠められたルビーを握り、左手には契約の羊皮紙を出現させた。

「……！　おい待たぬか、それは卑怯ではないかね⁉」

さすがにすぐ気付いたらしい。

持ち上げていた重たそうな男から手が離れると、ドスンと音を立ててテオと呼ばれた男は地面に落ちる。そしてそのまま動けずに、震えながら座り込んだ。

「我イリヤと、炎の王たるベリアルの名の許に締結された契約よ、効力を示せ。契約における第一条項により、彼の者の力、我に仇なすに能わず！　炎よ我が眼前より、速やかに消え去れ！」

紅蓮に足を踏み入れれば、全てがたちどころに消えて、周りの景色が戻ってくる。

ふ……腕を上げたわね、イリヤ！　大成功だわ！

自画自賛して喜ぶ私とは正反対に、ベリアルはとても悔しそうにしている。

「くうう……ッ、小娘め！　小賢しくなりおって！　そもそも我が助けたというに、何故、我の邪魔をするのだ！」

それにしても……、これからこの状況を説明しなきゃならないのね……。

気が重い。ジークハルトの尋問は嫌だし、イサシムの五人は私を魔法アイテム職人だと思っていたんだろうしなあ……。

「おい、やるじゃねえか。姉ちゃん！」

憂鬱になっていると、野次馬をしていたおじさんに、唐突に後ろから声を掛けられた。

「は？　え、恐縮です……？」

「あの人達は最近、特に荒れててね。困ってたのよ」

変だな、私自身は大した魔法を使っていないんだけど。目立ったのはベリアルじゃないの？

「そうそう、露店の物を壊されても、文句も言い辛かったし……」

迷惑していた人は他にもいたようで、感謝されてしまっている。数人がしみじみと頷く。

「こんな穏やかそうなのに、止めなさいなんて毅然としてるんだもんな！」

最初に声を掛けてくれた男性が、笑顔で背中を叩く。ちょっと痛い。

「ありがとうございます。お友達の危機を、黙って見過ごせませんから」

「それ、冒険者の俺達のセリフだよ」

レオンの言葉に、周りにいる皆が声を立てて笑った。隣にいるレーニは、ちょっと呆れたような表情をしている。

「本当よ。怪我したなら、治療するから」

「いえ、私もアイテム職人ですから。自作の薬がございます」

さすがに治癒師ね、叩かれた私の腕を心配してくれたのね。自作の軟膏でも塗れば平気だと思う。

「アイテム職人さんか！　どこかで姉ちゃんが作った薬とか、買えるのか？」

「それなら、私の露店に卸してもらってます！」

ここぞとばかりに売り込むアレシア。しっかりしてるね！

「たまにこの辺りに出てる、可愛いアクセサリーや傷薬を売ってるお店じゃない」

興味を引かれたのか、女性が露店の前に進んだ。近くにいた人も、一緒に商品を眺めている。

「勇敢な姉ちゃんのポーションを貰おうかな！」

「ありがとうございまーす！」

先ほど私の背をポンポンと叩いた男性が、本当にポーションを買ってくれた。これは嬉しい。

盛り上がっているところで、ジークハルトがゴホンと咳払いをする。

見れば、やって来た守備兵達が暴れた男達を捕まえて詰め所に連れて行くところだった。

「何があったのか、最初から把握しておきたい。君達にも、取り調べに協力して欲しいのだが」

協力ということは断ってもいいのかも知れないけど、これからこの町で暮らすのに、守備隊長からの印象が悪くなるのは、避けたいよねえ……。

「我は知らぬぞ」

ベリアルを無理に連れて行くのは危険だろう。それは、あの場面を見ていたから解るはず。

「俺達が行きますよ」

「そうね、絡まれたのは私達です。皆さんを巻き込んでしまって、すみません」

リーダーのレオンが申し出たあとに、治癒師のレーニが頭を下げる。三つ編みが揺れた。

「私も参ります。アレシア達は、行く必要はございませんね？」

「そうだね。ただ部下に、周囲の人間も含めて軽く話を聞かせてもらうよ」

詰め所までイサシムのパーティーと、同行することになった。私一人で行くのも不安があったし、皆も来てくれて助かった。

取り調べに協力し（被害者扱いで済んだ）、イサシムの大樹の人達に〝実は魔法使い兼召喚術師です〟と明かし、魔法使いのエスメに使用魔法を詳しく教えてと迫られた。

全部終わって露店に戻ると、思い出して怖くなってしまったのか、単に私の姿を見てホッとして気が緩んだのか、アレシアとキアラには泣かれてしまった。


ジークハルトは難しい顔をして、私を見据えていた。危険人物だと思われたのか、単にどの程度の腕なのか気になっていたのか、あるいは別の思惑があるのか。

私には解らなかった。

暴れた三人は、このレナントへ出入り禁止の処分が下った。彼らは腕前ならCランクに上がれるレベルだけど、素行が悪く依頼主からの苦情も多いので、ギルドから改善勧告を出されていたらしい。このままではランクアップできない、と。今回の騒ぎで除名もあるみたい。

冒険者の強さなんかは解らないけど、Dランクになったばかりの皆が無理に戦わなかったのは、正解だったと思う。

それにしても、人通りが多い時間ではなかったとはいえ、目立ちすぎたのは失敗だった。

次の日になったのに、アレシアの露店に顔を出す間にも、色々と声を掛けられる。なぜか女性からベリアルを紹介して、とも言われたけど。

露店の前にはお客さんがいて、アレシア達と話をしている。

「あ、イリヤお姉ちゃん！」

私に気付いたキアラが、大きく手を振った。近くにいたお客さんもこっちに顔を向ける。

「へえ、あの女性が昨日、あのスゴイ炎の魔法を使ったの！」

ベリアルの炎のことだね！　混同されてるぞ。誤解を解かなくちゃ！

「いえ、それはですね」

「へえ、この娘さんが？」

近くにいたおばさんも信じちゃって、興味深そうに私をまじまじと見て頷く。

「私ではなくて……」

「なに、謙遜するなよ！」

昨日ポーションを買ってくれたおじさんもいて、また背中を叩かれた。痛いってば。

「だからですね、」

「はーい、お買い上げありがとうございます～！」

訂正しようと思うのに、元気なアレシアとキアラの声で掻き消されてしまう。誰も聞いてくれないし、なんだかなあ。露店の売り上げに貢献してるなら、良しとするしかないのかな。

とはいえ。

「うーん……、何でこうなったんだろう」

「何がですか？」

おっと、うっかり声に出ていた。アレシアが聞き返してくる。

他の人達は買い物をして、そのまま談笑している。私の呟きは聞こえていなかったみたいね。

「ずいぶん注目されちゃったみたいだなと思って。知らない国に来たんだし、まずは周りの様子を見ながら、大人しくアイテム作りをしている予定だったのよ」

「あんなに人がいたのにすごい魔法を使って、目立たないつもりだったんですか？」

アレシアの視線が痛い！

私はそんなに大した魔法は使ってないよ。

だって町は無事じゃない！

四章　エルフの森

そんなわけで私は今、上空からエルフの森を見ている。

しばらくレナントを離れておけば、帰った頃には噂も落ち着いているだろう。ちょうど違う場所へ素材の採取に行きたかったところだし。

ティスティー川を越えてからワイバーンを旋回させ、そのまま飛び降りて飛行魔法を行使し、森の中の開けた場所に着地した。もちろんベリアルも一緒。

先日町でベリアルの炎を消して、久々の生贄だと喜ぶ彼の邪魔をしてから、しばらくは苦虫を噛み潰したような顔をしていた。仕方ないので、アレシアの知り合いのマレインという門番に美味しいお酒を教えてもらって、御機嫌取りをしておいたよ。

エルフの森はレナント付近よりも太い木が多く林立し、見た事もない草が生えている。空気がひんやり心地よく、マナが豊富なのだろう、神聖さが感じられた。さすがエルフが好むだけあるね。

エルフは基本的に魔法と弓術に長けた美形の多い種族で、深い森の奥にひっそりと集落を作っているという。あまり人間とは交流を持たない。

しばらく薬草を探しながら歩いていると、木々を縫うように流れる沢を見つけた。水面が木漏れ日を反射して輝き、透き通ったきれいな水が豊かに流れている。

「……飲めそうかな?」

私はしゃがんで覗き込み、手を差し入れようとした。

すると何かに気付いたのか、隣にいたベリアルがとっさに止めてきた。

「触れるでない！　汚染されておる！」

「汚染ですか⁉」

穴が開きそうなほど眺めても、水はただ美しい。

ベリアルは厳しい表情で、上流側を睨みつけるように見ている。

「……バシリスクである。そなたはそこで後ろを向いておれ」

「バシリスク……！」

犬よりも大きい爬虫類で、動きは鈍い。しかしその一番の武器は、猛毒だ。

目が合ったものを死に追いやるほどの危険な生物なのだ。

バシリスクが水を飲んだ川の下流の水を使っても、同じく毒に晒されることになる。もちろん距離が離れるほどに薄まる分、効果は弱くなっていく。

それでも体内に取り入れれば解毒は困難で、たとえ一命をとりとめたとしても、五感や体の一部を失ってしまうこともあるという。

風が通り過ぎるようなサアッと軽い音が響き、物音が二度ほどして魔力の行使が感じられた。

バシリスクの死体や血液が残っているだけでも危ないので、凝縮させた炎で焼き尽くす処理をしてくれているのだろう。

ちなみにベリアルのような高位の存在には、状態異常自体、効果がない。

「終わったぞ。二体おったわ」

ほとんど待つ時間もなかったほど、すぐに片がついた。

「さすが、あっという間ですね」

「ふ、我を何者だと思っておるのだね」

私はそこでふと、先ほどの沢に視線を移した。水はまだ下に流れている。

もしこの下流に住んでいる人達がいて、川の水を汲んでいたら？　どの程度まで薄まれば毒の効果がなくなるのかは解らないが、中毒を起こして苦しんでいるかも。

「……ベリアル殿、下流の様子を確かめましょう。沢に沿って下ってみます」

「そなた、目的を忘れておらんかね？　退治しただけでも十分であろう。捨ておけ、関係ないではないか」

「気になる性分なのです」

沢沿いの木の根が張った、道ともいえない草の間を早足で進み始める。

「全く……、おせっかいが！」

ベリアルは沢の流れの上を飛びながらついてきた。その手があった！

しばらく沢沿いを歩くと、森へ続く小道があった。土が踏み固められているし、日常的に誰かが通っているんだと思う。やはりこの水を汲んでいる人達がいるのね。

その道を進んで森が薄くなった辺りで、木でできた建物や柵が目に入った。

話している内容までは聞き取れないが、何か叫んでいるような声もしている。

そこは耳と尻尾を持った、猫人族の集落だった。人よりは少し背の低い、服を着たねこ。

不意に近くで言い争う声が、耳に届く。

「娘はどうなるんだ⁉　助けてくれ、先生！」

「毒だとは思うのだが……、毒消しに効果が見られんのだ。近隣に連絡して、一刻も早く治癒師や呪術師にも来てもらうべきじゃ」

先生と呼ばれたのは、もこもこした毛にくるんと丸まった角が生えた、羊人族。白いローブを身に纏っている。手は人間に似ていてカバンを持ち、足には蹄があった。

猫人族の男性……かな？　は、必死にその先生に縋って助けを求めている。

「朝より顔色が悪くなってるんだ、苦しんでるんだよ……」

「儂も何とかしたいんだが……今も新たな患者が出たのだ。このままでは薬も足りなくなる……」

苦悩の表情をしている。まさかとは思ったんだけど、バシリスクの毒の汚染は予想以上に凄まじいものみたい。私は走って二人に近づいた。

「突然失礼いたします。もしや皆さま、沢の水を飲まれましたか？」

「こんなところに人族の娘が……？　確かにこの村では沢から水を汲んでいるが……やはり水が？」

先生と呼ばれた羊人族は、原因が水かも知れないという可能性も視野に入れていたのね。

「はい。実は先ほど、上流で水を飲むバシリスクを見かけました。バシリスクは退治いたしましたが、よもやと思い水を飲んだ方がいないか、探しに参りました」

「バ……バシリスクだって⁉　それでは通常の毒消しだけでは、どうしようもない……！」

「し、しかし先生！　バシリスクを倒したとこの娘は言っておりますが、アレはかなり危険なはずです！　真実とはとても……」

　どちらかというと、信じたくないのだと思う。バシリスクの毒に侵されてしまえば、それまでの健康な状態まで回復するのは困難だからね。違う原因だったと思いたくなるのも仕方がない。

「我が仕留めたものを、よもやそなたらは疑うのかね……？」

　後ろからわざとらしく、ベリアルが魔力を一部解放した。ゆらりと背景が蜃気楼のように揺れる。

「……あわ、あ……悪魔」

　猫人族は魔力に敏感な種族なので、すぐに理解できたみたい。丸い目を大きく見開いて、瞳孔がまっすぐになっている。ひげから尻尾まで、ぶるぶるっと震えていた。

　話が早いといえば早いけど……。

「えー……。彼は私と契約しておりますので、恐れる必要はありません。それよりも一刻も早く治療をいたしましょう。患者の数と状態をお教え頂けませんか？」

「は、はあ……。九人目の患者が出たところで。皆顔色が悪く苦しそうで、毒消しも効きめがないのじゃ。ところで、貴女は？」

　羊人族の先生は、青い顔をしたまま私の質問に答えてくれた。

「私はイリヤと申します。魔法アイテムの作製もいたしますので、治療の手助けができると存じます。まずは全員を同じ部屋に集めましょう」

「しかし、動かすのも危険かと」

「それに九人も集まる場所となるとのう……」

二人は震えながら顔を見合わせ、どうすべきかと思案していた。私にも毒を完全にどうにかできるかは解らないので、強くは言えない。

「効率を考慮いたしましても、同じ場所にすべきだと進言します」

「それはそうなんじゃが……」

「ごちゃごちゃと煩わしいわ、早くせんか！　この我を待たせるつもりか⁉」

「「も……申し訳ございませんー‼」」

かくして、あっという間に準備は整った。


集会所として使われている小さな建物に、患者を全員集めることになった。

清潔にしてあるし、少しの魔力で火を起こせる、魔石式のコンロもある。

まずは四隅に乳香を焚いてから、手持ちの薬草類を確認した。毒消しの薬は、私も少しは手持ちがある。だがこれでは今回、役に立たないだろう。毒消しの素材、アルルーナは使えるね。

布団にもぐったまま戸板に乗せられて、次々と患者が運び込まれてきた。

さすがに猫人族の村だけあって、全員が耳と尻尾がある猫人族。こんなに一気に見ることができて興奮するけど、そんなことを考えている場合じゃない。

戸板からゆっくりと、滑らせるように集会所の床に下ろされていく患者達。

それから一人一人の様子を観察した。

紫色の唇、青白い顔色。指先の血色が悪くなっている人もいた。大人も子供も、みんな一様に腹痛を訴えている。

「大丈夫ですか？　おなかが痛いですか？」

「うう、……」

声を掛けると、近くの年配の男性が何度も頷いた。辛そうに汗をかいて、呼吸も荒い。

「先生、なんだか……寒くて」

寒さを訴えている女性。熱が出ているようだ。軽い毛布を用意するよう、お願いした。

「喉も痛い、です」

こちらの女性の声は少し掠れている。

よほどの抵抗力と適切な治療がない限り、時間ごとに悪くなっていくようだわ。小さな女の子もいて、耳が垂れている。ギュッと目を閉じて体を丸めていて、痛みが酷い様子が窺える。

「もうちょっとの辛抱よ、今お薬を作るからね」

「んぅ……っ」

女の子に話し掛けて手を触ると、僅かに瞼を揺らして、苦しい息の中で力なく握り返してきた。

何としても、毒を中和しないと。

「あの……、娘があまりに痛がるのですが、大丈夫でしょうか……」

「希望を持って下さい。全力を尽くします」

泣きそうな顔で入口から静かに入ってきたのは、先ほど先生に詰め寄っていた男性だ。

一番に毒の入った水を飲んでしまったのがこの男性の娘だったらしく、しかも幼くて抵抗力がなかった為、かなり悪化している。

男性は奥さんらしき猫人族と一緒に、女の子を心配そうに覗き込んだ。

他の家族はまだその水を飲んでいなかったらしい。気付くのが遅れてしまえば、下手をすれば皆がバシリスクの毒に感染していたのかも知れない。水が汚染されるというのは、とても恐ろしい。

さあ！　早く薬を作ろう！

「何か必要ですか？」

羊人族の先生が、全員を診た私の隣にやってきた。

「そうですね……バルベナと赤いバラの花びらはありますか？」

私が尋ねると、先生は持っていたカバンを開けた。中にはたくさん小瓶が入っていて、乾燥した様々な薬草が詰められている。

「乾燥したものならありますが」

「ではそれを下さい。ミルクも一緒に」

小瓶を二本出してから、先生はすぐにミルクを貰(もら)いに行ってくれた。

まずは浄化をしよう。この毒が、呪いに近い性質があると思えるから。文献でもバシリスクの毒に浄化が有効だという説を、読んだ覚えがある。

それから手持ちのポーションを飲んでもらう。これは、毒消しを作るまでの繋（つな）ぎ。

体力が落ちると、まずいと思う。

そして先生と毒消しを作る。一刻の猶予もない。

原因がバシリスクということは予想外だったそうだが、浄化が必要だというのは、先生も同じ意見だった。だから浄化できる人を呼ぶべきだと考えていた。

先生は魔法薬の中でも傷薬や病の薬など、あまり魔力を使わないで薬を作る、薬草魔術の専門家。大昔でいうところの「魔女」に当たる。これに対して魔力を多く使うポーションは「錬金術」と言われていた。いつの頃からか合わせて魔法薬と呼ばれ、同じ括りにされてしまったの。

ポーションとの効能の違いは、付帯効果を付けやすいのと、それゆえ色々な症状に合わせた薬を調合できることだ。


私は森で採取したばかりの薬草の中から毒消しになるものを丁寧に洗い、水を切っておいた。

ミルクを貰って戻ってきた先生に、薬草を全てすり潰（つぶ）すようにお願いをして、まずは浄化をする。

九人が範囲内に入るように意識しながら、詠唱を開始。

「邪（よこしま）なるものよ、去れ。あまねく恩寵（おんちょう）の内に。あらゆる霧は晴れ、全ての祈りは届けられる。静謐（せいひつ）を清廉なる大気で満たせ」

頭の中に五芒星(ペンタグラム)を強く思い浮かべ、思考で線を引いていく。

すると床に光が円を描き、脳裏で描いたままの図形が映し出されていった。

「安らぐための寝床を、星明かりの止まり木を、満月を捕らえる水を。ピュリフィケイション！」

いつもより詠唱を追加して、丹念に浄化していく。

金色の光が淡く天井まで届き、一瞬で消えた。浄化は大成功。ベリアルが表に出たのが一番の証拠だ。ここまでしっかり浄化されると、悪魔には居心地が悪いものらしいから。

「……こんな浄化は初めて見ましたぞ。部屋中が金に光った……」

先生も驚いている。

「普段はここまでやりません。状態のかなり悪い方がいらっしゃったので。これで、ポーションを飲んで頂きましょう」

先生にポーションを託し、私は解毒薬を作るべく、すり潰してミルクに浸しておいてもらった薬草と水を、甕(かめ)に入れて火にかけた。更にアルルーナの粉末も加え、しばらくとろ火で煮続ける。

「これも入れては、いかがでしょうかな」

「海の露ですね」

先生から渡された、乾燥した浄化の効果がある薬草を追加して、木のへらで掻(か)き混ぜる。

とにかく、できるだけ早く完成させなくちゃ。

落ち着こうと深呼吸を二回して、作業に集中する。

先生が患者の様子を見てくれているし、私は頭を切り替えて毒消し薬作りに集中しないと。

通常の毒消しに、魔法を加えて威力を高める。


「毒よ、蝕むものよ。悪戯に人を苦しめる、苦き棘よ。天と地の力により、汝は駆逐されよ」


よし、あともう少し。火の加減を確認して。

「先生、すごいですね。ずいぶんとテキパキした人間です」

「本当に……。早いだけではない、魔法も薬の作り方も、お若いのに一流じゃ」

症状の重い女の子の母親と、羊人族の先生が小声で話をしている。

「お腹が痛いと言い出してから、元気だった子が青い顔で、すぐに寝込んでしまって……」

「毒の回りが早かった。私一人では、どうしようもなかったじゃろう」

「人間の使う浄化は、空気までこんなに清々しくなるんですね」

「いや……、きっと特別な訓練をされた方に違いない」

二人は私が来て良かったと、褒めてくれているけど。まだ薬が出来上がってもないよ。

部屋に充満する、薬草の香り。じっくりと煮て、火を止めた。

「できました！　完成です。さあ、飲んで頂きましょう！」

「おお……！　では早速、このカップで」

用意されていた九つのカップに、完成した黄金色の毒消し薬を濾しながら注いだ。薬草の青々しさの混じった爽やかな匂いが、フワリと鼻をくすぐる。

それを二人で手分けして、一人ずつ飲ませていく。先にポーションで体力は回復していても、症状までは和らがない。痛みにも効果があるとは思えないし、せいぜい維持できる程度。とはいえ、悪化したら取り返しがつかない。唇を噛みしめている患者を、励ましながら口元にカップを運ぶ。

「これを飲めば、良くなりますよ」

一番症状の重い女の子の体を支えて、最初に飲んでもらう。口端から少し零れたけど、何とかゴクリと喉を通ったようだ。

よりにもよってバシリスクだもの。完治する確証はないけれど、これなら改善できると思う。足りなければ、もっと別の手を考えればいいんだよね。

苦味で咽てしまう姿を見て、飲みやすいようにハチミツを入れれば良かったなと反省した。

先生も近くにいた患者に与えていて、その様子を家族が祈るように注視している。全員に飲んでもらったら、私達が今できる治療は、一先ずこれで終わり。

効果はすぐに出るものではないから、あとは経過を観察しながら待つしかない。

しばらくして、患者の唸り声が減ってきたことに気付いた。

患者の頬に指先で触れると、少しさっきより温かくなっていた。青白かった顔色も改善してる。

羊人族の先生が、脈を計って静かに頷いた。これはいい感じかも。

「……痛みはどうですか？」

「大分、和らぎました……」

女性の表情は穏やか。喉も大丈夫みたい、声が掠れていない。

「おお……、あんなに悪くなる一方だったのに！」

家族も安心したようだ。明るい声色に、私もちょっとホッとした。

重症だった子も、今は穏やかに横になっている。布団の中から、手を取った。

「握れますか？」

「うん……」

指をギュッと握ってくる。よし、力も戻ってきている。

時間の経過とともに徐々に回復していく様子を眺めながら、水を飲んでもらったりした。汗をかいたし、痛みで唸っていて喉が渇いたと思う。

そして二時間ほどしてようやく皆、熱も痛みも完全に落ち着いてきた。

よし。結果は見事成功だね！

程度の軽かった人は体を起こせるほどになり、意識が朦朧（もうろう）としていた最初の被害者だった子供も、目を覚ましてしっかりと両親に視線を合わせている。

「ミルク、飲みたい……」

その言葉を聞いた両親が、涙を流しながら何度も頷いた。

「待ってろ、すぐに持ってくるから」

「……うん」

まだ少しぼんやりしているけど、痛みは治まったみたい。父親はすぐに席を立ち、母親は子供の手を握ってよく頑張ったねと褒めている。

他の家族も、患者の近くに集まって様子を確認し、手を握ったりして労っていた。

「もうダメかと思った……、本当に良かった」

「助かったあ～！」

誰かが大きな声で両手を上げ、バンザイをする。猫人族の村は、歓喜に溢(あふ)れた。

寝込んでいた人達の身内なんて、泣きながら抱き合っている。バシリスクが原因と聞かされた時に、もう命は助からないだろうと覚悟していたそうだ。

汲(く)んできてしまった水は捨てて、桶(おけ)も丁寧に洗うようにと先生が指示している。

さすがに手際がいいなと思って眺めていると、下からローブをツンツンと引っ張られた。

「お姉ちゃん。お父さんを治してくれて、ありがとう！」

猫人族の子供だ。大きなクリッとした目で、可愛いなあ。

「どういたしまして」

子供の頭を撫(な)でさせてもらった。にこにこと嬉(うれ)しそう。

「いやあ、人間もたいしたもんだ！」

「本当にありがとうございました」

口々にお礼を言ってくれる。そういえば、猫人族に囲まれているんだったわ。

なかなかないシチュエーションだよね。猫の耳がたくさん！

「皆さん、御無事で何よりです。お大事になさって下さいね」

まだ安静にしていないといけない段階だからね。油断は大敵。

私は患者の家族の人達にとても感謝されて、嬉しいやら恥ずかしいやらだった。

気が付けばすっかり夜で、レモン色の月が木の間に見え隠れしていた。

「お腹すいた……」

「ほほほ、ずっと休んでおりませんからな。まずはお茶でも飲んで下され」

先生も疲れているだろうに、私にお茶を淹れてくれる。ありがたいなあ。喉も渇いていたらしく、温かいお茶が食道を通って体を潤していく。

「すみません、先生方！　大変ご苦労様でした！」

帽子を被った猫人族が現れた。村長だと、近くの女性が教えてくれた。頭を下げながら両手で握手してくる。にくきゅうがぷにっと柔らか。

「もう夜ですし、泊まっていって下さい。宴を開きます、是非参加して頂きたい」

村長が誘ってくれる。お腹がすいていたので、とても嬉しい！

「ご厚意に甘えさせて頂きます」

「宴、とな！　良い心がけである。酒はあるか、酒は」

「勿論ですとも、お望みなら村中の酒を掻き集めさせます！」

村長と一緒に建物の中に入ってきたベリアルが、酒と聞いてご機嫌だ。ちなみに猫人族の建物は天井が低めなので、ベリアルは頭を低くしないと入口をくぐれない。

すぐに料理やお酒を皆が用意してくれて、村長さんのお宅で宴会が始まった。

皆が楽しそうだし、私も美味しいごはんと暖かいベッドにありつけて、とても幸せ。

宴会は夜半を過ぎても続いていたけど、私は疲れたので途中で退席させてもらった。


翌朝もう一度毒消しを飲んでもらい、症状の重かった人達には夕方にも飲ませるよう指示をした。

そこでふと気付いたんだけど、川まで水を汲みに行くということは、井戸がないのでは。

「井戸はないんですか？」

率直に村長に尋ねてみた。

「はい。川まで汲みに行ってます」

やっぱりないみたい。毎回あの川まで汲みに行くんじゃ、大変だなあ。大人は仕事しているから、こういうのは子供の役目になりがちなんだよね。

「掘りましょう」

「……は？」

この子達に毎日、水を運ばせるのは可哀想。せっかくだし、やれることをやっていこう。土を掘る魔法はあるのだ。何日もかかる井戸や洞窟を掘る作業も、魔法ならあっという間に進む。

「そなた、水は掘れば必ず出るわけではないぞ」

「解ってますよ。でもこんな豊かな森ですし、きっと出ます！」

「他の村では井戸を使っているところもあります。我々も掘る計画はあったのですが、固い地盤に阻まれてしまい、断念したんです」

さすがに無理だろうと、困った顔の村長。

なるほど、それなら井戸の候補地は決まっているのね。

「魔法で掘るので、簡単にできます」

「しかし、そんなことまでして頂くわけには……」

村長は遠慮をして首を振る。乗り掛かった舟だし、ここは大洋に漕ぎ出す気分で！

「では、この魔法で井戸が掘れるかという、実験に協力して頂くというのは如何でしょう？」

「それは……」

試してみたい気持ちもあるのよね。あんまり使っていない魔法だし。村長がしばらく悩んでいると、話を聞いた他の人が頼んでみたいと後押ししてくれて、ついにお願いされることになった。


さてさて、楽しい魔法のお時間です。

村長が案内してくれた候補地は、集落のはずれにある広場。確かに掘りかけた跡がある。

「魔法ならば、地盤がどうでも問題ないですよ」

「それはありがたい。遠くないとはいえ毎回川に汲みに行くのは、大変だったんです」

「お姉ちゃん、井戸が作れるの？　やってやって！」

「助かるけど、そんな簡単にできるのかい」

周囲に猫人族が集まってきた。子供達も興味津々に眺めている。

これは失敗できない、頑張るしかないわね。さて、細く長く掘り進めるイメージをしよう。

「凝り固まりし岩を破砕せよ。掘り進め、開孔して押し均し道を作れ。立ちはだかる土の壁を崩して侵食せよ、エクスカベイション！」


ドッと地面から土が噴き出して、横に山を作った。灰色っぽい土、黄土色の土、茶色い土。塊があったり、徐々に色が変わっている。しかしまだ水は全然出てくる様子がない。

もう一度詠唱すると、土の山は更に高く積み上がる。少し水分を含んだ土も出てきて、かなり掘り進められたと思う。キレイにまっすぐに、下へ向かって穴を穿っている。

「こんな深さまでもう掘れたのですか。このような便利な魔法があったなんて、いやはや全く知りませんでした。土が湿っております、水がある証拠ですね」

手応えがあったようだ。これは嬉しい。

「すごいすごい、お姉ちゃんガンバレ！」

「おみずっおみず！」

応援してくれる子供達。大人もワアワアと歓声をあげて、期待がいよいよ高まっている。

さあ、もう一度！

ドドドと大きな音を立て、地面が掘られた。隣の山はさらに大きくなっていく。それから二回唱えたところで、ついに土と一緒に水も跳ねて、水たまりを作った。穴の底に水が湧き出たのかも。

ぐっしょり濡れた土がどろりと流れる。背が高い木よりも深く、掘り進めてあるよ。

近くにいた子がそおっと覗き込んで、石を投げ込んでみた。

チャポンと水の音がする。

「出た、水が出てるぞ！」

皆が大喜びしているところで、ベリアルが一言。

「で？　どうやって汲み上げるつもりかね」

掘るだけしか考えていなかった……！　そう、水は汲み上げないと使えない。

何でこんな当たり前のことに気が付かなかったんだろう。とりあえず掘ろう、としか頭になかった。うう、単純な自分が憎い。

「それならば近くに井戸を使っている集落があります。相談しに行ってみますよ。井戸の為の資材は揃えてあるのです、向こうの職人に来てもらいます」

井戸を作る知識のある職人が、近くの村にいるのね。最初から監督してもらえば良かった。

「安心しました。掘ればいいんじゃないんですね……」

「井戸の底に敷く砂利や、滑車や桶、周りを囲う板なんかも、井戸掘りに挑戦しようとした時に準備したんです。しかし肝心の掘ることができなかった。ありがとうございます」

材料はあっても作業が進められなかっただけなんだ。ならいいことをしたかな？

「ありがとう、この井戸が使える日が楽しみ！」

「毒は治すし、井戸は掘るし。人間の魔法は本当にすごい！」

またもや感謝されている。気分がいいよね、なんせ周りは猫耳ハーレム。長い尻尾が揺れるし、本当にいいなあ。

「そなた、この土の山はどうするつもりだね？」

ベリアルが冷静にツッコミを入れる。土を掘ればその分、地上に出てくる。

これも考えていなかった……！　このままじゃ崩れるかも知れないから、危険だ。どこかに捨てなきゃならない。魔法でガンガン森に撃っちゃおうかな……？

「レンガを作るのに使いますよ」

「道のくぼみの、雨水が溜まるところを埋めるのにも使うし」

「いい土なら畑にも入れられるよ」

おお、土にも使い道があったりするのね。いらない分は自分達で処理すると、申し出てくれた。良かった、手助けしようとして迷惑を掛けただけ、なんて結果にならなくて。子供達が早速、泥をこねて遊んでいる。

これで今度こそ、全部片付いたかな。

どうも魔法を唱えた後の考えが足りないな。こういう魔法は頼まれて使っていたから、全部最初から計画が整えられていたんだわ。

それにしても、だいぶ時間をロスしている。そろそろ行かなきゃね。

村を発つ私達に村長が改めて頭を下げる。そして使ってしまったものの代わりにと、村にあった何種類かの薬草と、お土産とお弁当を持たせてくれた。

それだけじゃ悪いからと、また宴会をしようと引き止められたり、十分なお礼ができていないと、他の大人達も何か感謝を伝えられる物はないか、相談までしているぞ。

断るのに一苦労していたら、子供がひょこんと顔を出して、お礼だよと言いながら大きなどんぐりをくれた。可愛いな。

大人達は悩んだ結果、秘蔵のお酒をくれたので、アイテムボックスに入れておいた。ベリアルが喜んでいる。

「そういえば……、羊人族の先生が、往診に来る時にも人間を見掛けたとか。誰か人を探しているようだったそうで。どうも悪い人間がこの森に住み着いているみたいです、お気を付けて」

レナントでも、冒険者を雇った方がいいと忠告されたっけ。私は採取に夢中になると周りが見えなくなるから、注意しないとね。

羊人族の先生は今も念の為にと患者についていて、今日一日様子を見てから自分の村へ帰る。ということは、羊人族の村もあるのかしら。もふもふ村……気になる。いつか行けたらいいな。

目的から逸れてだいぶ時間を使ったけど、薬草の群生地を教えてもらえたし、皆が喜んでくれた。

さて、今度こそ本来の目的である、薬草探しに向かわねば。

「じゃあね、お姉ちゃんまた来てね！」

「気を付けてなー！」

「困ったことがあったら、おいでよ。みんなを助けてくれてありがとう」

口々にお礼を言って、手を振ってくれている。

猫人族に見送られて村を出た私達は、名残惜しさを感じながら森の奥へと向かった。


一人しか通れないような細道から広い整えられた道に出て、森の奥へと進む。この辺りはまだ、レナントで見たような薬草が多いな。採取の必要はないわね。

広葉樹の隙間から木漏れ日が差して、明るくて歩きやすい。

向こうから歩いてくる人とすれ違った。よく見ると周囲にはまばらに人がいる。背の高い草に隠れて、しゃがみ込んでいる人もいた。薬草採取かな。

脇の細い道からは、冒険者らしきグループがやってきた。メンバーは四人で、男性三人と槍を持った女性が一人。

「こんにちは。職人さん？」

先頭の三十代くらいの男性が挨拶をしてきた。腰には剣を佩いている。

「はい、レナントでアイテム職人をしております」

「レナントからか。二人で……？」

まあちょっと不審かな。ベリアルの格好は、森の中を歩くには向かなそうだし。

「彼は契約している悪魔ですから」

「そうか、なるほど。なら安心だね。この国では今、行方不明者とかが増えてて」

むしろ心配してくれていたのね。続いて槍を持った女性が、男性の後ろから尋ねてくる。

「ところでここに来るまでに、子供や、子供を連れた怪しい人とかを見なかった？　依頼で探しているのよ」

「いえ、私は見掛けておりませんが」

「そう。ありがとう」

短く告げて、去って行った。

連れたって、単なる行方不明じゃなくて、誘拐事件を疑っているのかしら。周囲を警戒しながら進んで行く彼らを眺めていたら、ベリアルが後ろから不穏な呟(つぶや)きをしてくる。

「……なにやら、面白そうな事になっておるな」

「面白くないですよ。事件だったら大変です！」

「事件であるとの推測で、手分けをせずに捜索しておるのであろうよ」

そうか。犯人と遭遇するかも知れないから、メンバーを分けられないんだ。できれば事件じゃなくて、早くいなくなった子供が発見されるといいな。

とにかく私達は目当ての薬草を探そう。教えられた通りに歩いて、大きな木のところで二股(ふたまた)に分かれた道の、右側を更に進んだ。誰もこちらへは来ていない。獣道のような感じで、草を踏みながら足を進めた。

どんどんと奥まで行くと木が少なくなって、低い草が生い茂る場所に出た。よく見れば、薬草も群生しているではないか。ここが教えてもらった目的地ね！

「あああ、最高……！　これで上級ポーションが作れる……！」

人の手があまり入らない場所なのね。質のいい薬草がたくさん生えている。

喜び勇んで採取しつつ、移動してまた別の薬草を探したりしている内に、いつの間にか背の高い木が並ぶ場所に出ていた。空気が先ほどより、清涼になったような。

時折動物か何かなのか、ガサリと葉を揺らして小さな生き物が走って行くのが視界を過った。

道は曲がりくねって、青い不思議な蔦が大木に絡んでいる。大きな真っ赤な花が咲いていたり、明らかに今までと生えている植物が違う。

「止まれ！　この先に何の用だ⁉」

突然どこからともなく響く、怒気を含んだ声。

「え？　この先……？」

何があるんだろう？　そもそも、この声はどこから？

高い場所からに感じるけれど、木霊して位置が特定しづらい。男の人の、若い感じの声だ。

「知らぬふりか？　ここは通さない！」

キラリと、何かが光った。そして点が飛んでくる。下がろうとして道に伸びている、くねった木の根で踵が止まる。

飛んできたものは、矢。

足元を狙って威嚇として放たれたソレは、地面に着く前に火に包まれて燃え尽きた。

「エルフ族であるな」

「エルフ……」

ベリアルの言葉を繰り返す。エルフに会えるものならと期待していたのだけど、まさかこんなに好戦的だとは思わなかった。

エグドアルムは獣人なんかの人間以外の種族を基本的に入国禁止にしていたので、色々な種族に会えるのを楽しみにしていたのにな。契約した悪魔とかは別だよ。

「な……なんだ⁉ 女！ そのような恐ろしい存在を従えて、我らが里に何をする気だ⁉」

敵意の理由にやっと思い至った。

エルフは猫人族より更に魔力が高く、また敏感だ。ベリアルに恐ろしいものを感じ取って、警戒を強めているんだ。そしてこの道の先に、エルフの里があるのね。

「大変失礼いたしました。私はチェンカスラー王国のレナントという町より、薬草を探しに参りました、魔法アイテムの職人です。この森のことは人伝（ひとづて）に聞いただけなので、あなた方の里のある場所も存じ上げません。別の道を進みますので、どうぞご心配なきよう」

どこまで見えているのか解らないけど、お辞儀して戻ろう。

踵を返そうとしたところで、木の葉がガサガサと揺れてハラリと舞い、高い枝から弓を携えたエルフの男性が軽快に飛び降りてきた。

金色の髪と瞳、噂通りの長い耳。肌は白っぽく、緑色の服に胸当てを装備している。着地の拍子に矢筒に入れられた矢羽が軽く跳ねた。

本物のエルフだ。耳が長いのと運動能力が高い以外、普通の人間と同じなのね。

「……こちらこそ、早とちりをしてしまって申し訳ない。どうやら賊の類ではないようですね」

申し訳なさそうに頭を下げる若い男性。来る前に盗賊が暗躍しているとは聞いていたけど、エルフまで敏感になっていたのね。

「実は最近、里の子供が消える事件がありまして。子供といえど、我々が森で迷うわけがありません。……それで、今は厳戒態勢になっているのです」

「それはさぞご心痛なことでしょう。もし見掛けましたら、お知らせいたします」

これも冒険者が探していた人達と、関係があったりするのかしら。

「ありがとうございます。私はユステュスと言います。モンティアンのユステュスです。エルフ族と何かありましたら、私の名を出して下さい」

「私はイリヤと申します。こちらは私が契約している悪魔、ベリアル殿です。悪魔と何かありましたら、彼の名を出して下さい」

矢を射かけたことを申し訳なく思ってくれているようで、お詫びの印といったところだろうか。

「イリヤ！　勝手に我の名を使うな！」

「私の名では何もならないと思いまして……」

「当然であるが、軽々に過ぎる‼」

同じようなお礼がいいかと思ったのだけど、やはり軽挙だったようだ。

とはいえこのエルフは信頼できる、と思う。失敗を素直に謝ってくれる人には好感が持てるよね。

私達のやり取りを見たユステュスは、困ったように笑っている。

「ところで、モンティアンとは？」

「ああ、それはこの森の名です。人族の間ではエルフの森と呼ばれているそうですが」

なるほど、確かにエルフの森としか聞いていないわ。

「そうだ」

ユステュスが何か思い出したというようにポンと手を叩いた後、ちょっと待っててほしいと言い残し、木の上に軽く飛んだ。細い枝を揺らして移動し、元いた場所にいったん戻る。

さすが森に住む種族だけあって、跳躍力に優れている。

感心しているとすぐに、何かを手に戻ってきた。

「お詫びです、こちらを差し上げます。今年はよく採れたので、余ってるんですよ」

それは、ハイポーションの材料にもなる薬草と、マンドラゴラだった。

最高すぎる……！

そういえば、エルフ族はマンドラゴラの栽培に成功したって聞いたことがあるわ！

マナが溢れる地でしか収穫できない魔法植物を、こんな簡単に手に入れられてしまうなんて！

「まあ……。こんな貴重な、素晴らしいものを……！　遠慮なく頂戴いたします、とても助かります。では」

　私はお礼になるものを探す為に、アイテムボックスを探った。薬品類の作製はエルフも得意そうなので、違う方が良いかな。よく考えたら自分で使う物以外は、大した品物を入れていない。

　ふと指に当たった、赤い石のついたブレスレットを取り出す。盗賊が増えて危険らしいし、これならば災いから身を守ってくれるはず。うん、喜ばれそう。

「これはベリアル殿が魔力を籠めて下さったものです、どうぞお受け取り下さい」

「……そなた、それは我が昔に与えたものではないか。持っていたのか。なぜ使わん？」

「え？　確か、売るなり何なりしろと仰られたような」

「そのような貴重なもの、頂けませんよ！」

　ユステュスが遠慮するが、私も頂きっぱなしというわけにはいかないので、何とか受け取ってもらった。そもそも他にもあるのよね、貰った宝石が。

　そして素材の採れる場所や、町への行き方を聞いて別れた。

　ベリアルは納得できないようで、珍しくボヤいている。

「せっかく我が直々に、守りの力を付けておいたものを……。どうりで発動せんわけだ」

「申し訳ありません、でも私が持っているものの中でお礼になりそうな価値のある物が、他に思い浮かばなかったので……。それに私には、ベリアル殿から頂いていつも身に着けている、このネックレスがありますから」

　金のバチカンをひもに通した、ルビーのネックレス。誰かに狙われたりしないように、服の下に隠れるようにしている。ベリアルとの契約時に貰った最初のプレゼントだし、これが一番大事なの。

「……そなたのポーション類は、十分に足りる品ぞ」

服の上から示すと、全くと呆れながらも、ベリアルはちょっと嬉しそうだった。


昼なのに薄暗い、草の茂る細い道をしばらく進んだ先に、ユステュスが教えてくれた澄んだ湖があった。周りには湿地に咲く花などが咲き誇っている。木漏れ日が光の筋を作って湖面を照らしていて、キレイだし神秘的。

景色を眺めたり見つけた素材を採取したり、出てきた魔物を倒したりしている内に、道に迷ってしまった。薬草探しばかりしていたから、どこかで曲がるべきところを見落としていたのかも知れない。森の道は目標になるものも少ないし、慣れていないと難しい。

「堂々と進んでおるから、解っているとばかり思っておったわ……」

視線が痛い。

ゆっくりしていると暗くなってしまう。ベリアルに先の様子を見てもらう間、疲れたから少し休んでいることにした。

「はあ〜、……私って薬草とかのことになると、周りも時間も、全然気にならなくなっちゃうのよね……」

ため息が出る。さすがにちょっと反省した。

だから気が緩んで、反応が遅れたんだ。

無防備な後ろから首に衝撃を与えられ、声を出す間もなく意識が闇に溶けた。

五章　悪魔流の救出方法？

んん……首が痛い。

目が覚めると見知らぬ石造りの部屋で、冷たい床に寝ころんでいた。後ろ手に縛られて、脚も縄で縛られている。月明かりがうっすらと窓の鉄格子の形を浮かび上がらせ、室内は青い闇に覆われていた。

ガランとした部屋で、窮屈さを感じない程度には広い。入口の鉄の扉は固く閉ざされている。

壁際には壊れかけた木の棚があり、古びていてあまり使っている様子はない。人が住んでいたような気配もないし、倉庫として使われていたのかな。放置されて埃(ほこり)をかぶった、空の箱が三つ。

周りには女性と子供ばかり十人以上いて、皆同じように手足を縛られていた。

内三人は長耳のエルフで、大人一人と子供が男女で二人。エルフのユステュスが言っていた、行方不明者なのかも。

「……大丈夫ですか？」

エルフの大人の女性が、心配そうに声を掛けてくれた。

「……はい、ここは……？」

「盗賊のアジトだと思います。私達も捕らえられたんです……」

つまり、行方不明か人攫(さら)いかと噂になっていた、例の事件に巻き込まれてしまったようだ。

やはり誘拐だったんだ。

見ると、エルフの女性には魔力を抑える首輪までされていて、腕には痛々しい切り傷がある。子供を人質に取られ、捕まってしまったそうだ。

「ここはかなり昔、人間と私達エルフが物々交換をする際に使っていた建物でした。いつの間にか、盗賊が住み着いていたみたいです」

エルフは人間より長命だから、こちら側で記憶が薄れていることでも、伝わっていたりする。

偶然使われていない倉庫を見つけて、アジトにしていたのね。当時人間達が寝泊まりしていた、平屋の建物がすぐ先にあると教えてくれた。

「町からは遠いんですか？」

「そこまで遠くはないと思いますが、今は使われなくなっていた場所です。周囲の道も草が生い茂って、気付かれにくいでしょう」

賊達も見つからないように出入りしていたはずだよね。

彼女が昔見た時よりも建物があるらしいから、増やして拠点にしているのね。使われていたのは人間達の記憶からは消えてしまっているほど昔の話なので、人間の兵はこの場所に気付いてもいなく、捜索はなされていない様子だという。

またここはエルフの里からはだいぶ下っていて、エルフ達もこの場所まで捜索の手を伸ばしていない段階なんだとか。

窓から外を見ると、木でできた物置のような小屋があった。内部までは確認できない。

扉の前に見張りがいて、他にも人が大勢いるようだ。部屋の外からは何を言ってるかまでは解らないけど、雑談する楽し気な声や、武装しているのであろう、金属が擦れ合う音が聞こえる。どこかから帰って来たのかな、建物があると言われた方角に一団が歩いて行った。

様子を探っていると、足音がこちらに近づいてくる。

思わず身構えたけれど、見張りの交代だったみたいで、小さな窓の向こうを二人の男が通り過ぎるのが見えた。なるほど、入口には常に見張りが二人いるわけね。

遠ざかるのを待ち、交代した見張りに気付かれないよう、扉から離れて小声で詠唱を開始する。


「右腕よ、火熱を宿せ。炭の如く、内より形なき炎を生め。シャルボン・レフゥー」


手が熱を持つ火属性の魔法で、腕と足の拘束を焼き尽くした。

私は魔法を使っているところを見られたわけではないから、魔力を抑える首輪はされていなかったので、簡単だった。ちなみにこの程度の魔法抑制の道具では私の魔力全てを抑えることはできない。もし付けられていても縄を焼き切るくらいなら問題ないよ。

ネックレスは奪われたらしく、身に着けていなかった。

待っているはずの場所にいないんだもの、きっと何かあったと気付いて、ベリアルが探してくれるだろう。早ければもう着いているのではないだろうか。

彼にはあのネックレスに籠めた魔力で、所在を把握できるのだから。

アイテムボックスを奪われていなかったのには安心した。

知識のない人にとっては単なる安物のカバンでしかなく、中も空にしか見えない。

だから価値がないと勘違いしてくれたのかも。わりと危険な品も入っているので、盗られて中身に気付かれたら危ないところだったわ。

普段は使っていないけど、私が主に召喚魔法の儀式に使う棒と回復魔法用の杖が一本ずつ、さらにはタリスマン以上に強力な護符も、実は持っている。落とさないように、ベリアルの印章入りプレートまで仕舞ってあるし……。

これを紛失しては、召喚術師としてかなり問題があるぞ……。

魔法薬類はまた作れるからともかく、エグドアルムで纏めた資料なんかが奪われても、取り返しがつかないしね。

赤くなった手を擦る私を、皆が不思議そうに見ていた。

余計なことを考えている場合じゃないわ。行動を開始しなきゃ！

「油断していて捕まりましたが、私は魔法使いですから。それに、すぐに私の契約者が助けに来て下さいますよ」

ああ……でも油断して捕らえられたなんて、恥ずかしいし怒られる……。

とにかく、できることを一つずつしよう。

まずは皆の縛めも解いていく。しかし魔法を抑制する拘束具はすぐには外せなかった。下手に外すと、爆発するよう仕掛けてあったからだ。なんて卑劣なの……！

「ありがとうございます。でもこの後は……」

「おねえちゃん、助かるの？　殺されない？」

「怖い人がいっぱいいるよ！」

「逃げたら追われるよ……」

子供達が不安を口にする。長い子は何日もここに閉じ込められていた。

もう少し人数が集まったら、別の国で売ると話していたという。お腹や服に隠れる部分を殴られたり蹴られたりした子もいて、相当怯えている。

魔法は声を出さないとならないし、必要以上に使って敵に知られたら危険かも。怪我をした子には、ポーションを飲んでもらおう。逃げる準備をしておかないと。

不意に扉の向こうから、男達の話し声が部屋に響いた。

「明日だって、取り引きは」

「らしいな。前回より高く売れそうだ」

これは救出されるのが間に合わなかったら、大変なことになっちゃう!?

ベリアルが来てくれたらすぐに脱出できるようにと思っていたけど、どうしよう。そもそも彼が他の人を助けてくれるか解らないし、下手するとここが火の海になるのでは……。

悩んでいたら、外でドスンと何かが倒れるような音がした。続いて男性が何か言おうと声を出して、言葉になる前に途切れる。

何が起こっているの？

ガチャガチャと誰かが鍵を開けている。

入ってくるつもりだろうか。子供達は壁際に集まって、小さく震えていた。

どうする？　攻撃魔法で迎撃するか、防御魔法で耐えるか。

人が倒れたような音だった。そもそも盗賊の仲間なら、仲間割れでもしているの？

事態が呑み込めずに考えあぐねていると、ついにカチャンと開く音がして、鉄の扉の間からゆっくりと外の景色が覗く。防御魔法を唱えようとしたけど、顔を出したのは賊の仲間ではなかった。

「大丈夫か⁉　皆、逃げるぞ！」

現れたのは昼間声を掛けてきた、剣を佩いた冒険者の男性だ。行方不明者の捜索をしていると言っていたわ。ここを探し当ててくれたのね！

「本来なら町へ知らせに行くところなんだけど、明日には売るって聞こえてきたんだ。さあ皆、気付かれないように、静かにここを出よう」

弓を装備した男性と、ウォーハンマーを持った男性も顔を出した。二人がしんがりを務めてくれるから先に行けと、座り込んで呆けている子供を立たせて、倉庫の外まで手を引いて連れて行く。

先頭は剣の男性で、槍を装備した女性も子供を促す。皆は恐る恐る彼の後に続いた。

「喋らないで、音を出さないようにね」

槍を持った女性が、不安を拭う様に穏やかに語り掛ける。そして、周りに視線を向けて細心の注意を払いながら、子供達の横を進んだ。

「貴女は、さっき会った人だね。貴女まで捕まったのか」

弓の男性に、気付かれてしまった。

「アジトの近くまで、採取に来てしまっていたみたいで……」

「気を付けなよ、本当に。あの時の派手な男性は？」

「ちょうど別行動だったんです。探しに来てくれると思います」

来てくれたとして、どんな方法で助けてくれるのかが不安なんだけどね……。

「この場所が分かればね」

難しいと言外にほのめかしているけど、契約しているし平気だと思う。

「ま、待って。お兄ちゃんが騒いだからって、別のところへ連れて行かれたの」

皆が建物から出たところで、女の子が剣を持った男性に訴えた。

「本当か？　どっちの方に行ったとか、解る？」

「すぐ向こうの、小さな小屋の方」

「その子だけ取り残されたら、どんな目に遭うか解らないわ。救出するなら一緒じゃないと」

槍を持った女性が男性に近づきながら、小さな建物に目をやった。

木で作られた細長い物置みたいな建物で、入口側を見ると、そこにも見張りが一人いた。お酒を飲んで眠そうに木箱の上に座っていて、こちらにはまだ気付いていない。

「よし」

建物の陰に隠れつつ移動し、剣を持つ男性が警戒しながら小屋の入口へ向かった。

今度は女性が先頭に立ち、その間にも皆はゆっくり慎重にアジトから離れていく。

小さな子が泣きそうな表情で、言葉を発しないように、足音を殺すように、必死で槍の女性について歩いた。

「ん？　誰だ⁉」

見張りの男性に、冒険者が気付かれた！

救出に向かった彼は、舌打ちしつつも相手の態勢が整う前に斬りつける。男は武器を握っただけで使う間もなく、その場にうつ伏せで倒れた。

剣を軽く振って血を飛ばし、すぐに小屋の中へ入って男の子を一人連れ出した。子供は腕を押さえているけれど、しっかりと自分の足で歩いている。

先ほど助けてと頼んだ女の子が、こちらに向かってくる二人を泣きそうな瞳で見つめていた。仲間が無事で、皆も安心したようだわ。これで逃げることに専念できる。

「これを飲んで」

男性がポーションを渡して、歩きながら飲ませている。怪我をしていたみたい。こんな緊急事態では、魔法だと詠唱する分の時間が勿体ない。

さあ合流したし、あとは皆で速やかに撤退、と思った矢先だ。

「ぐううっ……！　侵入者だ、ガキ共が抜け出してる。皆、早く来い‼」

倒れた男は、まだ意識があったのだ。斬られた場所を押さえ、大声で人を呼ぶ。

「しまった！　皆、早く逃げろ！」

「早く、走って！」

皆に声を掛けながら、後ろを振り返る槍の女性。再び捕まると、殺されるかも知れない。

一刻も早く、ここから抜け出さないと。私も近くにいる子供を励まして、とにかく急いだ。

「こっちだ！」

バタバタと武装した賊が数人、こちらに迫ってくる。

最後尾を務める男性が矢を射かけ、移動しながら次の矢を矢筒から取り出す。

それでも追い付いてきた男が、ウォーハンマーの男性に向かって鉄の棒を振り回した。ガキンと当たり、お互いによろけて少し下がった。

「クッ……！」

二人の動きが止まった一瞬に、先ほど子供を助けた剣の冒険者が駆け付けて斬り掛かる。敵はなんとか慌てて剣を弾くけど、空いた横側をウォーハンマーの男性が強打した。

「こっちだ、見張りはのされてる！」

矢が足に当たって走れなくなっている男が、後から駆け付けた他の仲間を誘導する。

どんどんと人数が増えるけど、こんな数を相手にはできない。

「揺るがぬもの、支えたるもの。踏み固められたる地よ、汝(なんじ)の印たる壁を築きたまえ。隔絶せよ！アースウォール！」

土の壁を作る初級の魔法で、後から来る連中の行く手を遮った。

範囲の広い攻撃魔法は、詠唱や魔法を練り上げるまでの時間が長くなる。唱えている間の、私の身を守ってくれる人がいない状況で使うのは無謀だ。素早く発動できる魔法を使っていこう。

突然、土が幾つも長方形に盛り上がったことに驚き、敵の足が止まっている。

「さ、早く」

ポカンとしてしまった子供の手を取って、森の方へ足を進める。エルフの女性も、子供達の背を押して庇うようにしながら一緒に走った。

「くそう、何だこれ！」

横一列に並んだ壁を、ドンドンと蹴り飛ばす賊達。土だから、長くは持たない。

壁を出す前に既にこちら側へ近づいていた数人を、冒険者が三人で相手してくれている。弓の男性が離れつつ、仲間に当たらないよう器用に矢を放った。

私達は子供を連れて、とにかく逃げる。

「ひゃ！」

足がもつれて転んでしまう女の子に、近くにいた別の子がサッと手を差し出した。

「頑張って、お兄ちゃんたちも頑張ってくれてるから」

「売られるのも、殺されるのもヤダ……！」

袖で涙を拭いながら、小さな足で再び走り出した。子供同士も必死で協力し合っているのね。

「まずいわ、こっちからも来た！」

先頭の槍の女性の叫びを聞いて、私も周囲に視線を巡らせた。

私達が捕らえられていた建物の裏手側から来る、複数の影。冒険者の三人は、しんがりを務めていて現在も交戦状態だ。先頭は彼女一人しかいない！

「逃がすなよ、ここがバレたらヤベぇ！」

敵も必死だ。兵を呼ばれてしまうから。

人数が少ないうえ子供を連れている分、こちらが不利なのは明白だわ。とにかく、できる手はどんどん打たないといけない。先ほどまで弓を持って応戦していた男性が、こちらに走ってくる。弓はエルフの女性が受け取って、代わりに後ろを守っていた。彼女の放つ矢が、敵の利き腕に刺さる。

「火よ膨れ上がれ、丸く丸く、日輪の如く！　球体となりて跳ねて進め。ファイアーボール！」

弓を渡した男性が、槍の女性の近くまで走り、詠唱が短い火属性の攻撃魔法を唱えた。彼は魔法も使うのね。素早く発動され、敵に大きな火の玉が襲い掛かる。ただこれは、単体に対する魔法。

槍を持った女性が身構えて、子供達はその後ろで怯えている。

「進め、とにかく逃げ切るしかない！　大した魔法は持ってないんだ」

敵を見据えたまま叫ぶ男性。女性は頷(うなず)いて、槍を構えたまま暗く沈んだ森を見据えた。

「みんな、森に逃げましょう。闇の中ならうまく逃げられるかも」

後ろを守る人達も、こちらに少しずつ進んで来ている。ゆっくりしていると挟み撃ちになっちゃうけど、二か所を同時に防衛するほどの戦力はない。

私は周囲をもう一度確認した。後ろからの追っ手は防ぐことができているし、今なら中範囲の魔法くらい使えそう。槍の女性の隣まで行って、魔法を唱える。

「白虹（はっこう）よ、冷たく延びよ。数多（あまた）なる氷の結晶、揺らめいて彷徨（さまよ）い、細氷となれ。身を切る白刃と化し諸所を流れ、霰（あられ）の如く荒々しく、舞い散り叩きつけよ！　プスィエ・デ・ディアマン！」

キラキラと輝くたくさんの氷が空気中で刃となって襲い掛かる、攻撃魔法。散らばってこちらに向かってくる敵の全員は範囲に入らなかったけど、それなりに効果はあったと思う。

「痛え、なんだこの魔法！」

敵は手で顔を庇い、防御している。防御魔法を使える人は、ここにはいなかったのね。

切り傷はできるけれど、致命傷というほどにはならない。ただし防御魔法を唱えなければ、前を見てはいられない。顔に傷ができるのを人間は無意識に庇うものだし、氷の刃が目を襲えば失明しかねない。複数を範囲に入れられるから、威力は弱いけど足止めにはちょうどいい魔法だ。

「さ、行きましょう」

「貴女って、こんな魔法を使えるのに捕まってるの⁉」

槍の女性が驚いている。それは言わないお約束ですよ！

「長く持つ魔法ではないので、急ぎましょう」

「そうだ、とにかく今の内に早く！」

ファイアーボールを使った男性が急き立て、皆で森へ向かって走り出した。

しかし誰もいないと思った暗い森に小さな明かりがゆらりと揺れて、松明を持った人物が姿を現した。二人程度だけど、見回りとしてこの辺りを確認していた盗賊の仲間のようだ。

「次から次へと、よく出てくるな！」

「二人だけよ、何とかするわ。もう進むしかな――」

視界を細い何かが通り、敵に向かおうとした槍の女性の言葉がそこで途切れた。

利き腕に矢が刺さっている。

どこかに弓を持った敵がいるの⁉　全然気付けなかった。これじゃ、彼女はもう戦えない！

「油断したなァ。さ、逃走ごっこは終わりだ」

前から来る二人は、余裕を見せつけるようにゆっくりと歩いてくる。

私の攻撃魔法の効果が終わり、腕や足から血を流しつつも、怪我をものともせずに数人が脇からも近づいてくる。進めなくなって後ろの人達が追い付いてしまい、皆の距離が近くなった。

魔法による土の壁は壊されていて、武器を手に持った盗賊達が網を張るように広がり、じりじりと近づいて逃げ場を奪う。

「どうするよ、冒険者さん達」

絶体絶命！

――な場面だけど、私の心配は既に別のことになっていた。

「皆さん、私の周りに集まって下さい」

「魔法使いのお姉さん」

子供が半泣きで私を見上げながら、ローブの裾を掴む。

「助けが来たから、もう大丈夫ですよ」

敵に聞こえないように、小さい声で囁いた。誰か来たのかと、エルフの女の子が首を巡らすけれど、もちろん周囲に人の姿はない。

とはいえ感じる魔力の高まりが、危険水域にある。

助けという言葉に、皆がすぐにギュッと集まってくれた。冒険者達は半信半疑だけど、震える子供達を守りながら、警戒を緩めず外側に向けて構えている。

余裕を見せつけるように武器を振って、少しずつ包囲網を狭めてくる、盗賊達。

私はだいたいの範囲を決めて、防御の魔法を急いで唱えた。

「荒野を彷徨う者を導く星よ、降り来たりませ。研ぎ澄まされた三日月の矛を持ち、我を脅かす悪意より、災いより、我を守り給え。プロテクション！」

詠唱を終えると、薄くて透明な防御の壁が私を中心に、皆を包んで丸く展開される。

これは魔法と物理の攻撃から身を守る、防御の魔法。

「おい。そんなの唱えたって、途切れるのを待つだけだぜ？」

盗賊の一人が笑いながら、剣身で手の平を軽く叩いた。

次の瞬間、とんでもない爆発が発生した。

轟音と共に崩れて吹き飛ぶ、建物の壁や天井。

子供達が悲鳴を上げてしゃがみ込み、手で顔を隠した。

エルフの女性と冒険者達は思わずギュッと目を閉じたが、ゆっくりと瞼を上げた。そして信じられないものを見たという顔で立ち尽くして、周囲の様子をまじまじと眺めている。

捕らえられていた建物の壁は一部が残っただけで、天井の代わりに夜空が広がっていた。

隣にあったはずの小屋は跡形もない。盗賊が拠点としていた平屋は、廃墟の様相を呈していた。

あちこちから白い煙がのぼり、何かがプスプスと燃えて焦げた匂いがしている。

盗賊達は生きているのか死んでいるのかまでは解らないが、立っている者が一人もいないことだけは確かだ。

壊れた壁に挟まれたり、吹っ飛んで木の枝に引っ掛かっていたり、地面にすごい格好で倒れていたり……。あちこちに飛ばされている。

「ここにおったか。探す手間が省けたわ」

降ってきた声に空を仰ぐと、悠然とこちらを見下ろすベリアルの姿があった。

赤いマントをフワリと揺らして、地面に降り立つ。長い髪が背で踊り、ブーツの音が響いた。

「これ……助けるって、言います……?」

「不満かね？」

助けられたというより、更なる災難に見舞われた気分だ……。

まさか全部破壊して見つけようとするとは思わなかった。他の攫われた人達が巻き込まれたら、どうするんだろう。いや、どうもしないかも。契約内容からすれば、私の身の安全が第一義になっているのだ。後は知らないと言いそう。迂闊に人質にもなれないわ……。

子供達も最初はビクビクしていたけど、盗賊がのされている姿に、助かったんだと実感したらしい。手を取り合って喜んでいる。冒険者も状況が把握できてきたみたい。

「とんでもないけど、助かった……」

「そうだよね……」

皆は盗賊にやられた以外の怪我は、していない。良かった、ベリアルに巻き込まれないで。

「それは置いておいて……、ベリアル殿、この首輪は外せますか？」

私は気持ちを切り替えて、エルフの女性につけられた魔法抑制のアイテムを見てもらった。

ふむ、と赤い瞳が覗き込む。

「造作もない」

指先で触れるだけで、それはあっという間に地面に落ちた。

「あ……ありがとうございます！」

あまりに簡単に外されて驚き、震えながらお礼を口にするエルフの女性。

「しかしイリヤよ、その程度のものも外せんのかね？　だから捕らわれたりするのである、愚か者が」

「う……反論の余地もございませんが……。爆発させる術式も見えたので、熟慮が必要かと……」

ああ、やっぱり言われた。でもニヤニヤしてるぞ。バカにできて楽しいとか？

「さような時は、爆発命令を出す回路を先に閉じるのだ。さすれば何の憂慮もない」

「あ……、なるほど。思い至りませんでした……」

く、悔しい……！

「それよりも、そなたの首より下げていたものはどうしたのだ？」

ベリアルがくれた、魔力を籠めたルビーのネックレスのことだ。

ただでさえ吊り上がったキツイ目つきをしているのに、さらに険しい視線が向けられる。

「……奪われてしまったようで。面目次第もございません、すぐに探します！」

怒ってる怒ってる！　まあ当たり前なんだけど！

落ち込んでいる暇はない。私はくるりと向きを変えて、瓦礫を飛び越えて走り出した。

誰かが持っているのか、はたまた略奪した品物と一緒にしてあるのか。解らないけど、宝石や貴金属が保管してある場所を見つけて、その中にないか確かめよう。

「あれは、初めてベリアル殿から賜った、私の宝物なんです。絶対に取り返しますから！」

あのルビーはベリアルとのリンクが強い。アレがあれば私の居場所はいつでも彼が把握できるし、その気になれば簡単な通信もできる。籠められた力を解放して使うことさえできるのだ。

勿論誰でも使えるわけではないが、高位の魔導師ならば使い方が解るかも知れない。そんな不安以上に、大事なものなのでなくしたくない。

「……全く、そなたは本当に抜けておるな。探さずともよほどの封印でもされん限り、我には在処が解るというに」

ベリアルが呆れながらも指をクイッと弾くように上げると、向こうの居住スペースだったと思われる瓦礫の隙間から、赤い光が筋となって漏れた。

すぐにそこまで走って行く。後ろからベリアルも付いて来ていた。

「ああ！　ありました、コレです‼」

邪魔な瓦礫をどかして拾い、私はすぐさま首から掛けた。そしてしっかりと服の下に仕舞い込む。

そんな私の様子を、なぜか不思議そうな表情で眺めているベリアル。

「……それだけかね？　他にも宝玉はあるようだが？」

「いえ？　それは私のものではありません」

足元には色とりどりの宝石や金の装飾品、少し壊れた芸術品なんかが転がっている。踏まない様に気を付けて歩かなきゃ。

奪われたものも見つけたし、これで一応万事解決！　かな？

建物の被害は甚大だけど、皆が助かったから良しとしておこう。

「あの……、お探しのものは見つかりましたか？」

エルフの女性がこちらに近づいて、戸惑いながら声を掛けてきた。冒険者は子供達に怪我がないか、ひとりひとり確認している。

「申し訳ありません、私事で！　無事に発見できました」

「それは良かったです。助けて下さってありがとうございました」

深々と頭を下げる女性。チラリと皆の様子を見た。冒険者達はどうするんだろう。私の視線に気付いたのか、剣を持った男性がこちらに向かって歩き出した。彼がリーダーっぽいね。

「俺達は盗賊がのびてる内に縛って、見張っておくから。できれば町まで子供達を連れて行って、ここの場所を知らせてほしいんだ」

「承りました。すぐに子供達と森を出ます」

もしものことがあったらいけないし、急いで兵を呼んできた方が良いよね。

「そのエルフの人達も、いったん一緒に行くかな？」

男性がエルフの女性に尋ねると、彼女はゆっくりと首を横に振った。

「いえ、私達はこのまま里へ向かいます。皆が心配していると思いますので」

確かに、ピリピリしているみたいだった。私達のやり取りが聞こえたのか、エルフの子供二人もトコトコとやって来て、女性の左右からそれぞれ顔を出す。

「お兄さんと、お姉さん達も一緒に来てよ。みんなで美味しいものを食べよう」

「里のみんなも、きっと歓迎してくれるわ」

長い耳がピルピルと揺れている。これは誘惑だけど、役割があるもの。

「いえ、お礼は不要です。他の子供達を町まで送らないといけませんし」

「俺も盗賊を捕まえなきゃならないからね。こんど里に行ってもいいかな？」

「もちろんです、本当に感謝しています！　私はフレイチェと申します。皆さま是非、里へ来て下さい。助けて頂いたお礼をしたいのです」

エルフの女性は私と男性の手を握って、ベリアルには深々とお辞儀をしてから、他の冒険者達にも個別にお礼を言いに向かった。二人の子供もついて行く。私達もゆっくり三人の後を歩いた。

でもこんな暗い夜の森だし、別れない方がいいのかしら。

「そちらもお送りした方がよろしいでしょうか？　手分けした方がいいかしら……」

「とんでもない、こちらこそ協力できなくてすみません。私達は森に慣れていますから、大丈夫ですよ」

「うん、夜でも怖くないよ」

女性の手を握って、子供が大きく頷く。長い耳がピルンと揺れた。

「本当にお世話になりました。いつか里に遊びに来て下さいね、イリヤ様、ベリアル様、そして勇敢な冒険者の皆さま」

「お姉ちゃん、お兄ちゃん、ありがとう！　絶対来てね！」

「ご馳走用意してもらうから！」

あ、さっきのやり取りで私達の名前が出てたっけ。

何度も振り返りながら手を振って去って行く三人の笑顔に、本当に無事で良かったと思った。

「じゃあ、あとは子供達をよろしくね」

「はい、お任せ下さい」

エルフを見送ってから、男性に人里までの道を尋ねた。細い道を三回曲がって、少し広めの林道を下って進めば、ドルゴという町に着くという。ちょうど行きたかった町だ！

子供達のところへ向かって、早速声を掛ける。

「みんな、歩けますか？　ここはお兄さん達に任せて、町へ帰りましょう」

帰るという言葉に子供達は安堵の表情を浮かべて、私の周りに集まってくれた。

「うん！」

「冒険者のお兄ちゃん、お姉ちゃん、ありがとう」

四人の冒険者とは、ここでお別れ。彼らは瓦礫になった建物の間から見つけたロープを使って、盗賊達を慣れた手つきで縛り上げていた。これで逃げられないね！

「……それにしても、盗賊よりヤバかったぞ」

「ビックリしすぎて、何も言えなかったわ……」

背中越しに届いた冒険者の会話は、聞こえないフリをした。

ベリアルと一緒に、子供達を連れて暗くなった森を抜ける。

夜の道は狼やフクロウの鳴き声や、何かが飛び去る音が聞こえて子供には怖かっただろうけど、それよりも早く盗賊達の拠点から離れたいようで、皆きちんと歩いてくれた。

一番年上で、キアラと同年代に見える少女が、小さい子達を励まして優しく声を掛けてくれている。

「疲れた、まだあ？」

「もうちょっとだから。ほら、木が少なくなってきた」

木々の間に星が瞬いている。森の出口が近いようだ。

森を抜けると急な下り坂になっていて、広い平原にいくつかの集落があった。

一番近くの、石の壁に囲まれた大きめの町がドルゴだろう。離れた場所にある小さな町にも、明かりがたくさん灯っている。

夜遅くなってしまったが、なんとか無事に辿り着きそうだ。

月明かりに照らされた街道は他に歩く姿もなく、静まり返った森が私達を見送った。


ようやく着いたドルゴの門は、固く閉ざされていた。夜だから当たり前なんだけど。

私はちょっと待っててと皆に告げて、飛行魔法でひょいと壁を乗り越えた。すごいと、子供達の歓声が聞こえる。

門の内側には詰め所があり、窓から覗き込むと、二人の男性が飲み物を片手に雑談していた。兜がテーブルの上に無造作に転がっている。

「夜分に申し訳ありません、この町の警備の方でいらっしゃいますか？」

「……どうかしたのか？」

一人がグラスを置いて立ち上がる。もう一人の男性も飲むのをやめてこちらに顔を向けていて、見慣れない訪問者を少し警戒しているようだわ。

「実は盗賊に捕らわれまして、子供達とともに逃げて参りました。門の外に皆おりますので、門を開けて頂きたいのですが……」

「盗賊に？　子供達とは……、どういうことだ!?」

様子を見ていた男性も慌てて立ち、こちらへやってくる。

「とにかく開門しよう。おい、アイツも起こしてこい！」

奥の居住スペースで交代で寝ていた男性を叩(たた)き起(お)こし、三人は門(かんぬき)を外してゆっくりと扉を開いた。

外で不安そうにしている子供達の姿を確認すると、喜んで中に招き入れてくれる。

すぐさま町の防衛隊本部まで一人が連絡に走り、保護した子供達をいったん詰め所の中へと集めた。怖かっただろう、大丈夫かと問い掛けられて、子供達は言葉少なに頷いた。

「ところで……あなた方は？　あなたも捕らわれたんですよね？」

痛い質問だ。

「ええ……その、恥ずかしながら……。冒険者の方々がちょうど発見して下さり、今は盗賊達を縛り上げて見張って下さっております。そして彼は、私が契約している悪魔です。彼にも助けて頂きました」

ベリアルは子供があまり好きではないらしく、先ほどから言葉を発していない。赤い瞳でつまらなそうに眺めている。

「なるほど……！　召喚術師の方でしたか。お疲れさまでした。冒険者達にも感謝しなければなりませんね。まず盗賊の拠点の場所を教えて下さい、すぐに討伐隊を派遣することになります」

「場所ですか。ええと……」

若い兵が引き出しから取り出した地図を、照明を頼りに確認する。町があって、森があって……森の中に小道が……⁇

細かい道は描かれていないので、どこを通ってきたのだか全く解らない。

「……ここである」

ベリアルが離れた場所から人差し指で地図の一点を指すと、突然地図からポンと赤い果実のような火が生まれ、焦げ跡に小さな丸い穴を作って消えた。

男性は地図を落としそうなほど狼狽(うろた)えたけれど、穴の場所を確認して少し落ち着いたようだ。

「うわっ……、あ、……？　こ、ここですか。ありがとうございます……！」

ほどなく応援の兵がバタバタと走ってやって来て、騒ぎに気付いた町民達もちらほらと集まり始めた。遠巻きに詰め所の様子を窺(うかが)っている。

子供達が助けられたという情報は瞬く間に町中に広がり、何人かの子供は駆け付けた両親と涙の再会を果たした。

別の町から攫(さら)われた子もいたため、全員とはいかなかった。また、既に他の場所へ移されてしまった子もいたようで、落胆する家族の姿も見受けられる。この先も調査に忙しくなるだろう。

私達は明日、事情聴取に応じてほしいと求められた。

さすがに断るわけにはいかないけど、あんなに破壊してしまった言い訳を、どうしたらいいのだろう……。

捕らえられていた倉庫は基礎部分しか残っていないし、木造の物置はバラバラだ。平屋の住居さえも、建物だったとかろうじて解る程度。

今頃は冒険者達が、壁の下敷きになってしまった盗賊を救出しているんだろうか。奪ったと思われる宝物はあちこちに散らばっていて、拾い集めるのも大変そう。その上にも木片や壁の残骸なんかが転がっていたし。

うーん。なんだか私達が災害の元、みたいな……。

助かったから、それでよし！

で、済むといいな……。

幕間　エグドアルム王国サイド　二

今回の顚末や過去の業績も含め、イリヤという女性の調査は秘密裏に続行されることになった。

そして主に報告する前に一つ、どうしても気になる点があったので、独自に確認してみた。

予想した通り、そもそもイリヤという女性がエリクサーを完成させた記録がない。

その女性がエリクサーを作製していると、私が知らないはずだ。第二騎士団に卸していただけなのか、それとも横流しでもされていたのか。

いや、第二騎士団に渡すだけでも、完成させたという報告は必要になる。

エリクサーの完成は、国にとっても重要なのだから。

エリクサー用の素材を彼女が何度も発注していたので、作製していたのは疑いようがない。もしも発注したのが宮廷魔導師なら、まだ調べられただろう。しかし見習いの女性が材料を何度も発注して、それでも成功させなくても、誰も不審には思わない。正式採用されるべく努力しているが、結実しないだけだと思うからね。

この意識の隙間を縫って、横流しをしていたんではないかと疑っている。

まあ、エリクサーの完成を報告しなかった一番の理由はだいたい想像がつく。

彼女が庶民で、女だからだ。

それだけで正当な評価を下せない頭のおかしな貴族が、この国には多いものだ。

魔導師長については他にも疑惑が浮上していて、それは他の者達が調べ始めている。どうやらこれを機に、宮廷魔導師の組織全体にメスを入れようとしていると思われる。

我が主は魔法を好む方なので、有能な魔導師を使い潰(つぶ)すような真似をした魔導師長に、かなり怒りを覚えているご様子だった。しかもエリクサーの記録を隠ぺいさせたとなると、もはや失脚は免れない。どうりでいやに隠したがるわけだ。

やるとなったらやる方だ。これは徹底的に行く気と見た。

ふふ……私が手を出さなくとも、包囲網は狭まっていくな。これは我が国にとっての僥倖(ぎょうこう)だろう！


と、いうわけで私、エクヴァル・クロアス・カールスロアは、王都の一般市民が住む区域近く、第二騎士団がよく利用していると噂の酒場に足を向けている。もちろんアルコールを摂取したいわけではなく、あくまで調査の一環である。うん、女性に関する調査で良かった。

なぜ酒場かというと、宮廷内では口に出せないような話を聞ける可能性があるからだ。何せ、高位の貴族が多い宮廷魔導師達が事実の隠ぺいを謀っているのだ。迂闊(うかつ)なことを喋(しゃべ)っては、どうなるか解らないだろう。

特に第二騎士団は、困難な討伐時に宮廷魔導師と協力する機会が多い。それにやはり、ポーションやアイテムが配分されなくなる心配もあるから。

洋服屋のある交差点で曲がって細い路地に入り、数軒先にその店はあった。通りは掃除されていて、店の前には魔石式の石灯篭（いしどうろう）が薄く光を漏らし、脇に置かれたゴミ箱が照らし出されている。

日が暮れたからか、賑わう表通りに比べ通行人は多くなかった。

木の扉を開くと、中には予想以上に客が多い。一般市民に紛れて、奥のテーブルを三つ占領しているのが第二騎士団の連中だろう。やたら体格のいい男ばかりだからな……。

私は彼らの近くにある、壁際の二人掛けの席に座った。

何か頼まなければと、手書きのメニューを眺める。お、地酒が多い。これはいい。


「やっぱり見つからないらしいな……」

「ああ……、セビリノ殿はぼんやり海を眺めてるらしいぜ」

「……気持ちはわかるな」

「あの人も真面目だからな。早く立ち直って頂きたいが……」

騎士団の連中は、かなり暗い雰囲気だね。正直言って得意ではない。

以前、失恋して落ち込んだ友人を励まそうと飲みに誘ったことがあるが、逆に〝うるさい、君に彼女の何が解る〟と、殴られた。どうやら私は慰めるのが上手ではないらしい。

後に相手は謝ってきて、和解はできた。他の奴らには、失恋で相手を美化している時期はそっとしとけよと、笑われたんだ。

物事にはタイミングというものがある、それを深く胸に刻んだ出来事だったよ……。

「すみれの君が初めて討伐に加わったのって、十五歳の時だって？」

いかん、感傷に浸っている間に過去の思い出話が始まっているぞ。

私は適当に酒とつまみを注文して、騎士団の連中に注意を向けた。

「あの時は驚いたな。今まで宮廷魔導師なんて、テキトーな見習いを派遣してきて、しかもソイツが〝自分はエリート中のエリートですよ？　あなた方は盾の役割でも、していればいいんです〟なんて見下した態度で、協調も何もなかったからな～」

「最近はセビリノ殿を筆頭に、マトモなのも増えた気がするが。まあそんな時に女の子が来て、討伐の作戦を練りましょうって言われても、最初はバカにすんなって思ったよ」

「とても魔物なんて倒せそうにない、普通の女の子にしか見えなかったもんな」

「その子がエリクサーを使ってくれって、差し出すとかさ……」

ストップ！　エリクサーを十五歳で……？　早すぎないか？　天才か⁉

正直、それほど若い内にエリクサーを完成させたなどと、聞いたことがない。ポーション類には魔力を注ぎ込まねばならないが、エリクサーを作るための魔力操作はかなり困難なはずだ。

なんせ「四元の呪文」と言われる、制御の難しい特殊な魔法を使わなくてはならない。要するに、四大元素である土、水、火、風を全て封入するわけ。失敗が多いのはこの為なんだ。

だからこそ、この国の魔導師の最難関である、宮廷魔導師になる為の審査に用いられているのだ。

「最初の討伐でワイバーン退治に加わって、元凶になっていたニーズヘッグを撃破、キュクロプスには特攻を仕掛けて、コカトリスはほぼ無効化させる……」

「召喚術師が制御できなかったケルベロスを、捕らえたなんてのもあったなあ」

「ハーピー退治の話も外せないな！」

「はかなげでいてむちゃくちゃ強い……」

とんでもない女傑じゃないか！　イメージがどんどん変わるんだが……？

なんだその、キュクロプスに特攻とかニーズヘッグ撃破とか。どんな魔法を使ったの？

キュクロプスは巨人の中では小さい方とはいえ、棍棒なんかを振り回す凶暴な奴だ。魔法使いが一人で倒そうとするような敵じゃない。

ニーズヘッグに至っては中級クラスのドラゴンで、ブレスは使わないが、かなりの攻撃力を有している。下準備もせずに戦えるような相手ではない。第二騎士団と、宮廷魔導師が共闘して倒すように指令が下るだろう。更に石化ブレスを吐く、コカトリスをほぼ無効化？

補助魔法も最強クラスなのだろうか？

いかん、私の理解の範疇を超えすぎて、言語中枢に異常をきたしそうだ。こういう時は酒が効く。

これもいい薬なのだ。


「魔法付与も色々してくれたよな」

「ああ、剣に炎の魔法を付けてくれた時は驚いたが……」

「覚えてるぞ、魔物が全部ウェルダン事件だな」

「威力が強すぎて困る日がくるとはな……。丸焦げのゲンブ、初めて見た」

「あのあとセビリノ殿と研究してくれて、効果のオンオフが可能になったんだよ」

「……やることが半端じゃないな」

え、なにウェルダンて。ゲンブっていうのは水辺に棲む、防御に優れた大きな亀の魔物だ。どんな魔法を付与したんだ……!?

しかも魔力操作式でなく、常時発動型でわざわざオンオフを付けたの？　魔力を送って効果を出させる、操作式じゃだめなの？

騎士団の連中は酒を追加して、何本も瓶を空けている。強いなアイツら……。私は酔ってはいけないからな、任務中だし。

それにしても全く、聞くほど人物像が掴めなくなるぞ……。

エリクサーを量産できる才女で、魔物討伐のスペシャリスト、魔法付与にも造詣が深い。そして貴族達に虐げられても、自分を貫く凛々しい女性。そんな感じだろうか。

なんだかまだ逸話が出てきそうだ。

酔った騎士達は、すみれの君の過去の勇姿で盛り上がっている。

私は酒をちびちび口に運びながら、こうだったのだろうかと思い描き、一人目を細めた。

「あ、美しいお嬢さん、この串焼きを一皿追加して頂けませんか？」

料理は美味しいし酒の種類はあるし、何よりも店員さんが可愛い。とてもいいお店だなあ。

それにしても、彼女はどのようにして、魔法を学んだというのだろう？

調査によると養成施設に来た時には、既に多くの魔法を知っていたらしいのだが。

出身は田舎で魔法を習得できるような環境とも思えないし、ずいぶんと謎と秘密の多い女性だ。

魔力が高いだけならともかく、知識は学ばなければ身に付かない。

……そんな女性が、本当にあっけなく亡くなったというのか……？

どうにも引っ掛かりを覚える。


次は何度も話に出てくる、セビリノ殿とやらに直接話を聞きに行くか。

宮廷魔導師のセビリノといえば、男爵家の嫡男、セビリノ・オーサ・アーレンスだろう。素晴らしい出来のエリクサーを提出して宮廷魔導師に合格した、鬼才だ。かなり研究熱心で、社交界よりも研究所を好むと聞いている。

男爵家の領地は僻地(へきち)で運営が思わしくなく、我が国の中でも強い魔物が出没する地帯。防衛費もバカにならない。その為、休みになると領地へ戻り、彼が積極的に魔物討伐をしていると聞く。

討伐任務に積極参加するのも、討伐の実績と報奨金が欲しいからではないかという噂だ。そして、家の為に役立てている立派な人物である、と。

そういや何であいつら皆して、アーレンスをファーストネームで呼んでいるんだ？　騎士団と宮廷魔導師は、そんなに近しい間柄ではなかったと記憶しているけど……。まあいいか。

そのような男がここまで心を砕くイリヤという女性は、本当はどのような人物なのか。

そして彼は、彼女の秘密について何か知っているのではないだろうか。

ちなみに私は、仕事よりも女性と過ごすことを好む。

六章　ドルゴの町とハイポーション

宿は手配してもらえた。それもお代は向こう持ちで、とてもいい宿に！

わざわざ案内してくれて、宿の人には恩人なので丁重にもてなすようにと一言添えて。

夜遅くの到着だったのに広い部屋を二人分用意してくれて、美味しい食事を部屋まで運んでもらえた。ベッドが柔らかいし、猫足の可愛いテーブルには花が飾ってあり、窓にはふわりと柔らかいレースのカーテン。クローゼットの下の引き出しには、タオルや夜着が入っている。

暖かい布団でぐっすり眠って、朝にはおかゆメインの朝食も頂いた。

今日はどうすればいいのかなとぼんやり考えていると、昨日案内してくれた若い兵が来ていると、宿の人が教えてくれた。

「おはようございます。お疲れでしょうが、よろしいッスか？」

「おはようございます。大丈夫です、どのような御用件でしょうか？」

「朝からすみません。聴取の前にまず、冒険者ギルドへ案内するよう言われてるんスが、準備して頂けますか？」

早くから聴取が始まるんだと思ったが、違うらしい。それにしても冒険者ギルドは、まだレナントでも行ったことがない。

「……私は冒険者ではありませんけど……？」

「それは問題ないです。子供達の捜索依頼があったので、成功報酬を受け取れるんスよ。冒険者の方々も後で別に受け取るので、気にしなくて大丈夫ですよ。その後、聴取の方をお願いします。

……ところで、あの悪魔の方は……」

「彼は〝我にはもはや関係ない、寝ておる〟と言って……」

兵はどこかホッとしたような表情だった。いないと困るんじゃなくて、いたら怖かったのね。

では貴女だけでと、私を冒険者ギルドまで案内してくれた。

冒険者ギルドでは受付に並ぶ冒険者達を横目に、奥にある部屋へ通された。ギルド長から直接報奨金を渡され、感謝までされる。ちなみにギルド長は、悪魔を見たかったとガッカリしている。

「いやあ、ずいぶん強い悪魔を従えてる召喚師さんなんだねえ！　若いのに立派だ」

「……従えてはおりません、契約をしているのです。召喚師よりも、私は魔法アイテム製作の職人でありたいと思います」

「これは失礼……、それにしても魔法アイテムか」

恐縮して謝ってくれるギルド長。ちょっと口調がきつかったかも。

後ろで待っている兵も、苦笑いを浮かべている。召喚の契約を自分の手下を作るように思っている人も多いんだけど、私はその考え方は好きではないの。契約は対等だし、召喚する際は敬意を払うべきだと思う。

「もしかして、エルフの森に？」

「はい、薬草採取が目的で」

それでまさか、こんな事件に色々と巻き込まれるとは。

私の言葉を聞いた若い兵は、困ったように頭を掻いた。

「薬草を持ってるんスか。ギルドの報酬とは別に、町からも謝礼金が出るんスよ。アジトの確認とか色々ありますし、金額が決まるまで、まだ数日かかっちゃうと思いますよ」

「そうなんですか。早くポーションを作りたいんですが……」

これはすぐには無理そうだわ。宿に帰ったら薬草を洗って、干させてもらおう。

「なんだ、なら場所を提供させよう。この町にラジスラフ魔法工房ってところがあってな、あそこは俺の友人がやってるんだ。午後からでも使わせてもらえるよう、交渉しておくよ。調書なんて午前中で済むだろ?」

「え、それは僕じゃ解りませんが……」

思いがけない提案に、私も兵の人も困惑しちゃったけど、ギルド長は勝手に話を進める。

「問題ないって！　さっさと調書とってこい、俺はヤツの工房に話を付けに行く。すぐ行動、ホラ！」

かなり強引な人物らしいが、私には願ったり叶ったりだ。

すぐさま防衛隊本部に案内された。顛末が伝えられると、アイツにも困ったものだと言いながら聴取が始まった。


聴取が終わったのは昼を過ぎてからだった。

討伐隊は拠点が壊滅されていて驚いたらしいが、破壊活動については不問で済んだ。昼食をとった後、工房へと案内してもらえることになった。

「親方！　上級ポーション二十本、検査が終了しました！　すぐに届けてきます！」

声を掛けられ、俺は振り返った。若い職人が箱にポーションを詰めて、このラジスラフ魔法工房から配達に出掛ける。

「おう！　転ぶなよ！」

「こちらは新しい依頼です、マナポーションを五十本。受けますか？」

「んん～……いっぱいいっぱいだな。予約が多いから一カ月先だって言っとけ！」

工房は慌ただしく稼働している。近隣からも注文が来て、断る時があるほどだ。上級は何人か作れるが、品質が安定しない。検査をクリアした品だけを出荷する。

ハイポーションは工房主である俺、ラジスラフしか作れる者がいなく、俺でさえもそんなに成功率が高くない。これに関しては、予約は受けないことにしている。

こんな忙しい時に、冒険者ギルド長をやってる悪友が「盗賊に攫われた奴らの解放に協力してくれた女性がポーションを作りたいって言ってるが、まだ帰してやれない。場所を貸してやってくれよ」などと、言ってきやがった！

確かにそれはすごいと思う。だがその女がどんな薬を作りたいんだか知らないが、神聖な工房を簡単に使わせろなどと、よくぬかしたもんだ。あんまり下手な腕だったら、いくらアイツの頼みでも追い出してやる。

工房の主であるこの俺に弟子入りしたいという志願者は多いが、いい加減なヤツになんて技術は教えない。忙しさと身勝手な頼みにイライラしていると、ついにソイツがやってきた。

「親方、工房を貸してもらえるって聞いてるんスけど……、本当に大丈夫ですか？」

声を掛けてきたのは、町の若い兵隊だ。案内をして来たらしい。

続いて後ろから顔を覗(のぞ)かせたのは、二十歳そこそこに見える紫の瞳(ひとみ)をした若い女だった。やたら整った顔をした、赤い髪の男を連れている。護衛にしては良い身なりだな。

「失礼いたします。お初にお目にかかります、イリヤと申します。この度は私の我がままをお聞き入れ下さり、場所を提供して頂きますこと、誠に感謝いたします。御迷惑をお掛けしないよう細心の注意を払いますので、何卒よろしくお願い申し上げます」

深々と頭を下げて、薄紫の髪がさらりと肩から流れる。

「……いや、まあ……、こちらこそヨロシク」

あんまりにもばかっ丁寧なんで、完全に毒気を抜かれてしまった。

「んじゃ、これを使ってくれ」

俺は工房で使っている大きな釜を指した。町でちょこちょこ作ってるヤツは鍋(なべ)で煮てるんだろうが、一気にやってさっさと終わらせてもらいたいからだ。

分量なんかは教えてやるしかない……と思っていると、予想外に嬉しそうにしやがった。

「まあ！　こんな立派な釜、久しぶりに使います！　わざわざご用意下さり、ありがとうございます！」

「……なんだアンタ、こんなでけえの使ったコトあるのかよ？」

「ええ、きゅ……研究所で使用した経験がございます」

「ほお……」

なかなかちゃんとやってるヤツじゃないかと思ったが、見ると女は釜の八分目まで水を入れている。ただでさえ重い釜に、運ぶ前から入れすぎだ！　持てとか言う気じゃないだろうな！

「あ、ベリアル殿！　すみません」

「良いからさっさと集中せんか」

俺の心配をよそに、連れの男は水のたっぷり入ったそれをひょいと持って、軽々とかまどに運んだ。とてもそんな剛腕には見えないのだが。欲しい人材だ。

「邪なるものよ、去れ。あまねく恩寵の内に。天より下され、再び天に還る水。尽きぬもの、ウロボロスの営みよ。汝の内に大空はあり、形なき腕にて包み給え。水よ、水より分かたれるべし」

釜を前に、女が僅かな塩を入れながら呪文を唱え始めた。まずは水を浄化しなければいけないからだ。釜の水面がさざめき、水が銀色の光沢を放つ。

……やたら魔法の効果が高い。魔法が得意なのか？

そしてキレイに洗って、丁寧な下ごしらえをした薬草を天秤で量って水に沈めた。

「この材料……ハイポーションか⁉」

「御名答だ」

答えたのは男の方だった。徐に手を肩の高さまで上げパチンと指を弾くと、ポンとかまどに火が点いた。女は真剣に釜を見ながら、木の棒でゆっくり掻き混ぜている。

「にしても、浄化の呪文が途中から全然違ったぞ？」

「アレは、水の浄化に特化した術である。知らんのかね？」

聞いたこともねえよ！　男は見下ろしながら口端を上げ、高慢にニヤリと笑う。

コイツ絶対、性格悪ィな。

ハイポーションを作るためには、まず一時間弱火でじっくり掻き混ぜる。

そして火を止め、次の材料を入れるのだ。これがまた入手しにくいものだ。

魔物の動力源とも生命の源とも言われている、魔核。たいてい歪なひし形などをしていて、石にしては柔らかい。それを粉にして入れるのだ。粉に挽くのがなかなか重労働なんだよ。

女は何を思ったのか、まだ核のままのソレを釜の上に両掌で掲げた。

目を疑う光景だ。様子を見ていた職人達も、ざわざわとして注目している。

周りの反応をよそに、なぜか魔法の詠唱を始めた。

「塊なるものよ、結び目を解け。我が爪は其を引き裂く鉤となり、月日の前に全てはほころびる。風に散る塵の如く、海に押さるる砂の如く」


初めて聞く詠唱が終わると、核はボロリと崩れて粉状になり、指の間を滑って釜に降り注いだ。

なんだ、この魔法は。こんな簡単にあっけなく、あの粉に挽く作業が終わっちまうのか⁉

しかもサラサラした砂状にまでなって。ずるい、詐欺だろ！

「おい、見たか？　すげえ魔法だ」

「いいなあ、楽そうで。ああいうのは見習いの仕事になるからなあ……」

他の奴らも驚いて、羨ましがっている。完全に作業の手が止まってるが、気持ちは解る。

「お前らはいいから仕事しろ」

だが、納期は待ってくれねえからな。

女が両手を広げれば、水に対流が起きて見る間に粉が溶け、元の水の色になる。そこに魔力を注ぎ込み、再びとろ火で掻き混ぜながら煮込まなければならない。

ポーション作りは、魔力と集中力と根気がいる作業だ。魔力が足りなければ効果が出ないし、集中しなければ失敗してただの水に戻ってしまう。ハイポーションにかかる時間は六時間なので、その間、根気よく作業を続けなければならない。

一人でやるのはしんどい……はずなのに、女は何故か笑顔で作業していた。

「やっぱりポーション作りをすると、充実している感じがしますね」

「そうかね。退屈でたまらぬわ」

男の感覚の方が、普通だろうな。赤いマントの男は近くの椅子に腰かけて、足を組んで様子を眺めている。

四時間経過したところで、再び火を止めて追加の材料を入れる。

これは特に決められているわけではなく、個人で思い思いの素材を入れて効果を高めるのだ。どれが最もいいかなど、未だに結論が出ていない。

女は蜂蜜（はちみつ）を加え、ハーブを数種類入れたようだ。

そして光属性に値する魔力を注入する。これが最後の厄介な作業。


「形なき質量よ、光彩の衣を纏（まと）え。木漏れ日の如く白く淡く」

女はちょっとした短い詠唱を唱えつつ、魔力を送っている。

これさえ終われば、いったん冷まして再び加熱するだけ。まだ時間が掛かるが、ここまで来れば基本的に失敗はない。かなりいい感触だ。

ハイポーションへ魔力を注ぎ込む女は自らも光を放つようで、風もないのに靡（なび）く髪とふわりと揺れるローブが幻想的だった。

「エルフの森でいい材料が採れたんで、期待できますよ！」

よくまあ、あのテンションが続くな！

俺はその間に中級のポーションを作ったが、疲れたぞ。

ついに六時間が経ち、ハイポーション作りは見事成功。

俺がハイポーションを作る時は、数日前から食事に気を付けて、マナの溢れるエルフの森でリラックスして魔力を取り込み、自分の状態を万全にしてから取り掛かる。それでも失敗するなんてのもしばしばだ。

それをこの女……イリヤは、ロクな準備もなく、材料が手に入ったから作ります、なんて手軽に作ってしまった。とても信じられない。

魔法薬ならラジスラフと、そう言われていた俺のプライドは砕けそうだ。

量も俺が作る時よりもたくさんできている。俺だったらこの水の量で十三、四本だが、イリヤは十九本も作った。魔力を通すのが早いし、かなり魔力自体も多そうだ。

だから余分に煮詰めなくて済むのだろう。しかも魔力操作が見事というほかなかった。

これは見習いたい技術だ。

試しに試験紙に一滴落とさせてもらうと、効果も俺が作るよりも高いという結果になった。

「場所を貸して頂いたお礼です、お受け取り下さい」

イリヤはせっかく作ったハイポーションを、惜しげもなく俺に一本差し出してきた。

「……いや、さすがにこれは貰えないだろ」

「いえ、とても助かりましたので。ラジスラフ様の御高名は、レナントでも聞き及んでおります。工房で作業させて頂いただけでも、自慢になります」

「ま、まあじゃあ貰うぜ？　いいんだな？」

「勿論（もちろん）です」

笑顔で答えるイリヤに、明日も作業しに来ていいと告げると、破顔してぜひ、と返事が来た。

ドルゴでの三日目の朝。盗賊は冒険者達が残ってくれたおかげで、無事に全員捕まえられた。彼らは兵達と一緒に盗賊を連行して、しっかりした牢（ろう）のあるもっと大きな町へと向かった。

明日、退治に貢献した報奨金を貰ったら、私達は帰ってもいいらしい。

私は今日も午後、ラジスラフ魔法工房にお邪魔させてもらえる約束になっている。午前中は予定がないので、街の中を散策してみようと外へ出た。

売っている商品を確かめて、自分が作る品物の参考にするのもいいかも知れない。

しかし大通りは朝から人が多い。有名なラジスラフ魔法工房があるのと、エルフの森と呼ばれる薬草豊富な採取地があることが大きな理由だ。冒険者も集まりやすく、結果的に商売が盛んになっている。そして朝早く出掛ける人が多いので、朝と日暮れ時は特に混む。

「……いたっ！」

腕に痛みを感じて、顔を向けて確かめた。すれ違う時に、紺色の鎧（よろい）に身を固めた男性の肘（ひじ）部分に引っ掛かり、袖（そで）が少し破れてしまっていた。

「これはすまん……！　ケガはないか？」

三十歳前後だろうか。日焼けした屈強な印象の男性の黒い瞳が、私を心配そうに覗き込む。今まで会った人の中で、一番背が高いかな。私とは頭一つ分以上の差があるよ。

「いえ、大丈夫です」

「しかし服が破れてしまったな……。申し訳ない、俺の不注意だ。弁償しよう」

こんなに人が溢れているところでお互いさまなのに、わざわざ買ってもらうのも申し訳ない。

それに、この服は私の魔導師としての一張羅なのだ。

「とんでもないことです、繕えば問題ありませんので！」

「……ふっ！　そなた、針仕事など出来ぬであろう」

ベリアルが笑う。見栄を張ったんじゃないですよ、気を使わせない為なんですよ！

男性は困ったように眉を寄せている。

「……やはり、新しいものを買った方が……」

「いえ、この服は大事なものですから」

私が断ると、男性は腕を組んでう～んと唸った。

少し悩んでから、名案が浮かんだとばかりに人差し指を立てて、私の前に出す。

「そのままってワケにもいかないしな。そうだ、なら俺の友人に繕い物の上手なヤツがいる。ソイツにやらせよう！」

「そのようなご迷惑は……」

「宿に一緒に来てくれ。俺はノルディン、Aランクの冒険者さ。君は？」

「私はイリヤと申します、魔法アイテム職人をしております」

大きな背中は返事も聞かずに歩き出してしまう。

仕方がないので、後をついて行くことにした。大股で歩くし、足が速いな。

これから会う人は、パーティーの仲間で同じくAランク冒険者、レンダールという名前。

剣の他に、回復魔法や補助魔法を使うらしい。攻撃魔法も少し使えるとか。裁縫だの片付けだのが得意な、変わった男だと笑った。

歩きながらベリアルが、

「……で？　良いのかね、そなたは」

と聞いてきたが、私には何のことかよく解らなかった。

……その時は。

「私どもと同じ宿ですね」

着いたのは、先ほど出たばかりの宿だった。さすがAランク、いいところに泊まっているね。

「そうだったのか？　どこかで会ってたかもな」

ノルディンと名乗った背の高い男性は、宿泊している二階の部屋まで私達を連れて行った。

そして扉を叩いて、いるだろ、と声を掛けている。

「……なんだ、もう帰ってきたのか？」

顔を見せたのは、耳は短いけれどとんがって、きれいな淡い金髪を頭の後ろで一つに結んだ、色が白く深い青い瞳が印象的な男性だった。エルフの血が混じっているのかも知れない。

ノルディンが事情を説明すると、だから着替えてから出掛けろと言っただろうと怒りながら、私に会釈してくれた。

「連れが失礼した。レンダールと言う、服は私が確かに直させて頂く」

「ご丁寧にありがとうございます。お手数をお掛けいたします、イリヤと申します。繕い物が得意ではなくて、お恥ずかしい限りです……」

挨拶を交わしていると、横からとんでもない一言が飛んでくる。

「んじゃ、さっさと縫ってやってくれよ。ほら脱いで」

「……は？」

「おい‼」

「……くくっ‼　愉快な男であるな、そなた！」

もちろん笑っているのはベリアルだ。とんでもないわ！

「き……着替えて参ります！」

私は慌てて廊下を走り去った。

ここは温かいし特に予定もないから、油断して下は袖なしのインナーだ。ここで脱げとか、酷いわ。後ろで〝変態か貴様は！〟という声とともに、バゴンと鎧を叩く音がした。

いったん部屋へ戻った私は、白い長袖に草色をした裾の長いベストに着替えて、再び先ほどの部屋を訪ねた。

「では申し訳ありませんが、お願いいたします」

「いえ、こちらこそ失礼を……」

気まずそうに私のローブを受け取るレンダール。テーブルの上に置き、破れた袖の部分を広げる。

パラリ、と服の合わせの裏が見えた。

……しまった‼

さっきのベリアルの〝いいのか〟は、これを見られて、ということだ！

表から見ると紫の布が重ねてあるだけに見えるんだけど、裏にはしっかりと魔術の記号や文字が書かれている。魔法も使うというだけあって、レンダールにはそれがどういう意味か、すぐに解ったらしい。

「……これは……、なんと」

ポソリと呟き息を呑んで、サファイヤ色をした瞳が、魅入られたように文字列を辿っている。

首の裏の部分にある、布を被せて隠していた秘匿文字も、糸がほつれてヒラヒラと隙間から覗いてしまっていた。袖の裏側にも記号が描かれ、胸の部分にある小さな石は、それらの魔術を安定させる為と増幅する為のものだと、魔術を心得る者が手に取れば理解するだろう。

焦った様子を見せつつも、じっと服を睨みつけてから私を……というより、私の服の下にあるルビーの魔力に視線を合わせ、そしてゆっくりベリアルの方へ首を巡らす。

腕を組み壁に寄りかかって立つ彼に、白磁のような顔を更に白くしている。

愕然としたような表情のレンダールに、ベリアルは〝正解だ〟とでも言うように、口元を歪めた。

「おい、どーしたんだよ？　直せそうにないか？」

一人状況が掴めないノルディンの声に、レンダールはやっと現実に戻ったように私を見据えた。

次の瞬間。


「……申し訳ございません！　取り返しのつかない事をいたしました！」

椅子から転げ落ちるように床に降りて、突然土下座をしたのだ。

「は？　え⁇　どうしたんですか？　何を謝罪されているんです？」

「レンダール、なんだってんだよ⁉」

私もノルディンも、唐突な彼の行動の意味が解らず困惑する。ベリアルは笑みを浮かべているので、だいたい理解しているようだ。相変わらず人間の心の機微に敏い悪魔だ。

「お前も謝れ！　とんでもないバカを仕出かしてくれたな‼」

とにかく必死な形相で、困惑するノルディンを怒鳴りつける。

「いや、俺が悪かったがよ、だからって土下座まで……」

「いいか、説明するが！　これは単なる服じゃない、魔法使いの重要なローブだ！　しかも、かなり複雑に魔法の籠められた。金を出せば買えるような品ではない！　そのうえこの方の優雅な物腰、口調、それに控えているあの悪魔‼　この方は、何処かの国の宮廷に仕えている、高貴な魔導師でいらっしゃるに違いないぞ！」

「なっ！」

すごく一気にまくし立てている。

これだけでそこまで解ってしまうなんて。これがAランク冒険者になった人の、経験と観察眼なのかしら。しかしこれはもう……、隠しようがない。

「なんとしてでも弁償いたしますので、どうかご容赦下さい……‼」

レンダールは床に頭をこすり付けるような勢いだ。心配させているみたいで、私の方が申し訳ないわ。許さないなんて、一言も言った覚えがないんだけどなあ。

「……だいたい正解、というところですね。お掛け下さい、説明いたしますので」

服をちょっと破られただけで、こんな騒ぎになるとは思わなかった……。

「私はエグドアルム王国で、宮廷魔導師見習いをしていました」

「エグドアルム……。あの魔法大国と言われる……」

どうやらレンダールは、私を貴族と勘違いしたらしい。どの国でも宮廷に仕える魔導師は、貴族が多いからね。やっぱりこっちでも、貴族は威張っているのかな。

私は既に宮廷を去ったことなど、簡単に事情を説明した。今は一般人です、と言っても二人は苦笑いをしている。

「まあ……あの国の貴族が酷い権威主義で、下の者への扱いが悪いことは、有名ですからね……」

「あんな魔物が強いって言われる場所で、討伐ばっかかさせられてたら逃げるわなあ」

二人とも多少エグドアルム王国について知っているようだ。

「お前は、だから口の利き方を……！」

「いえ、全く気にしておりません。どうぞ普通に接して下さい。私も今は、ただの魔法アイテム職人ですので」

「普通にって、イリヤさんだってずいぶん堅いぜ？」

「……ノルディン!!」

茶化すようなノルディンに、レンダールが声を荒らげる。

解ったわ。これがボケとツッコミってやつなのね。

相棒のノルディンから、繕ってくれと渡された服を見た時は驚愕した。

精密に描かれた図形、しっかりと縫い込まれた魔術の文字列、それから首元に隠された見たこともない文字。それらをまとめて滞りなく魔力を通すアメジスト、そして魔力を蓄えた謎の白い石。

とても金で買えるような代物じゃない。

よりにもよって、こんな魔法芸術とも言えるローブを破ったノルディンの粗忽さには、本当に怒りを覚える。そして同時に、不満一つ口にしないイリヤという女性の心の広さに感銘を受けた。

私ならブチ切れる。

思わずわざわざ裏に入れてある文字をバッチリ眺めてしまったが、今思えばアレもかなり失礼だった……。何の為に隠してあると思うんだよ、と。私としたことが、興味に負けた……。

持ち主は元宮廷魔導師見習いだったという。

見習いにしては契約している悪魔のランクが高いのではないだろうか。

私、レンダールはAランク冒険者として仲間と共に様々な敵と戦ったと自負しているが、この悪魔はその中のどの敵よりも強いはず。それこそ、下位のドラゴンなどとは比べ物にならないほどに。隠されている魔力を覗こうとすれば、谷に顔を突き出すような恐怖が胸を凍らせた。今の自分が絶対に敵に回してはならない相手だと嫌でも解る。

鈍感なノルディンのヤツは、ここまできても全く気付かないようだ。アイツはいずれ、痛い目を見るに違いない。

魔導師というのは、切り札や自分の力の源については秘密にするものだ。しかしどうしても気になってしまったので、答えなくてもいいからと断りを入れ、思い切って襟元の見慣れない文字について尋ねてみることにした。

「……これは、古代に使われていた魔法の力を持つ言語、エグドアルム王国の秘匿文字です」

とんでもないカミングアウトがきた。

もともとエルダー・フサルクと呼ばれる最も古いものだけを秘匿としていたが、権威主義の魔導師達が全てを秘匿することにしてしまったらしい。知識を独占し、自分達の優位を高めようと。

彼女はこれには反対だそうだ。基本的に攻撃性があるものではないので、皆で分かち合うべきだと言う。

「なので、あとでお教えしますね。この文字は〝ルーン〟と申します。各文字に対応した力を発動させる言葉がありますが、そちらだけは秘密にしますけど」

にっこりと微笑んでいるが、いいのだろうか。しかし知りたい……！

念の為、文字だけとはいえ本当に私に披露してしまっていいのか確認した。

「大丈夫です。もともと我が国の近辺にある他国でも、流布しているものです。もちろん、危険な知識はお教えしませんよ」

何を知っているんだろう……。さすがに怖い。

手が震えるのを抑えつつ、なんとか破れた部分を修繕できた。そしてせめてものお詫びの印として、食事にお誘いした。

彼女は事情を隠しているようだが、Ａランク冒険者の私達が恭しく接していては、控えめに見ても護衛されている貴族に映るだろう。できる限り普通に接しよう、という話になった。

ノルディンは既に普通にしているが……。アイツの神経はおかしい。

お互い呼び捨てにしようという話になったが、宮仕えしていた方が相手だと思うと、かなり緊張する。

「目上の、しかも殿方を呼び捨てにするのは、失礼ではないでしょうか……？」

なぜか彼女の方が、私よりも困惑していた。

「問題ないって！　俺達もイリヤって呼んでいいだろ？」

「勿論です、……ノルディン。そして……、レンダール。……で、いいんですよね？」

頬をほんのり朱に染めて照れたように笑いながら、肩を丸める可愛らしい仕草。

宮廷魔導師なんて誰も彼も威張った奴ばかりだと思っていたが、こんな謙虚な人もいるものだな。

こうして見ると、偉大な魔導師というより穏やかで可憐な女性だ。

「よろしくな、ベリアルとやら」

「我には敬意を払わんか！」

「うわちッ！！！」

ノルディンは馴れ馴れしく背中をポンと叩いて、手を慌てて引っ込めた。熱かったらしい。

バカすぎてフォローする言葉も見つからない。

「ベリアル殿のマントは炎を編み込んだ特殊なもので、彼の意志で簡単に燃え上がりますよ……」

こっちも高度なマジックアイテムだった。

ノルディンのヤツは、事もあろうにランチいくらとか看板に書いてあるような、ごく大衆的な店に案内した。さすがにコレはないだろうと注意したが、アイツは高級店は肩が凝るから面倒だと、ごねる。彼女は高級なレストランは見習い時代によく行ったので、今は皆が行く普通のお店に入りたいと言ってくれた。

店に入っても、内装がすてき、カーテンが可愛いと、とても喜んでいる。わりと庶民的らしい。

私は本当なら魔法について彼女と話をしたかったが、どう切り出していいのか解らなかった。

ノルディンは私達が元々二人のパーティーで、依頼ごとに他の冒険者達と組んだりしたこと、そして今は四人でパーティーとして登録しているが、普段は二人で依頼をこなしていることなどをベラベラと喋(しゃべ)っていた。

彼女は食事の所作も美しく、隣に座るベリアル殿の態度は優雅で威厳がある。

二人してお忍びの貴族に見えるほどだ。私もしっかり見習わなければと思う。貴族からの依頼もあるので、作法はどうしても必要になってくるのだ。

「ところで俺は、剣にしてある魔法付与の相談をしたくて、この町に来たんだよ。イリヤも一緒に来ないか？　詳しそうだよな」

詳しいどころかエキスパートだろ。私の説明、聞いてたのか？

「気になるけど、午後はラジスラフ魔法工房に行く予定で……」

「そうそう、そこ！　俺もそこに行こうと思ってんだ！」

「まあ、でしたらご一緒しましょう」

……！　久々にお前を褒めたいぞ、ノルディン！　図々しいのも、ここまでくれば特技だな！

食後に出された紅茶を飲みながら、内心ガッツポーズをした。工房なら無理のない流れで、魔法付与やタリスマンについての話ができそうだ。

もしかすると、彼女の実力も披露されるかも知れない。これは貴重な機会だ！

「で、先に冒険者ギルド寄っていいか？」

だからお前は――‼

冒険者ギルドは馴染(なじ)みがないというイリヤは、喜んでついて来てくれた。

正直、登録すれば最短でAでもSでも、望みのランクに届くと思う。実力は十分だろうし、有力者からの推薦も受けられそうだ。Bランクから講習を受けさせられる、作法や言葉使いもバッチリ。貴族や有力者の依頼を受ける為に、最低限の礼儀を学ばないとAランクにはなれない。更に人柄も重視されるらしいので、懸念があるだけでもBからは上がれないと言われている。

私は未だに、ノルディンまでAランクに昇格できたのは何かの手違いではと疑っている。

「ここだ」

考えている内に、目的の建物に到着していた。

ノルディンを先頭に、ギルドの木戸を開けて中へ入った。私達を見知っている者がいたらしく、Aランクのノルディンとレンダールだと、ひそひそ話をしているのが耳に届く。

後ろの二人は護衛対象かと、興味本位の視線が向けられる。

依頼を書いた紙が貼ってある掲示板に向かえば、近くにいた者達がそっと避(よ)けた。

「これが依頼なのね。たくさんありますね」

珍しそうに端から眺めるイリヤに、私が説明する。

「この辺りは町が集まったような場所で兵が少なく、国による討伐があまり行われないからね。討伐依頼は他よりも多い」

私は普段と同じように話せているんだろうか……。

「マンティコア、ヒッポグリフ、ハルピュイア……弱い魔物ばかりね」

「だよな、もっと割のいいのが欲しいな」

いや、その発言に周りがざわめいてるぞ。Ａランクのお前はともかく、イリヤは本当に隠す気があるのか……？

マンティコアはライオンほどの大きさをした魔物で人を食い殺すし、尾に毒があるので危険だ。ヒッポグリフは、鷲と馬の混成の魔物。グリフォンの上位に当たるが、グリフォンほど獰猛ではないにしても、空を飛ぶし、やはり人を食料にすることもある。ハルピュイアは単体では強くないが、群れで行動するのが厄介で、飛べる魔物はランクが上方修正されている。

「私が住んでいたのは海辺の国だけど、出身は山あいの村だし、まだリバイアサンって見たことないんですよね」

「こっちで同ランクってなると、ベヘモトか？」

見たことがなくて正解だ！

ランクの問題じゃない、その二体は国を滅ぼしかねない災害だから！

「どうせなら竜の情報はないかね？　たまには狩りたいものだ」

「ああ、ドラゴンの肉は野営のご馳走だよな」

どれも低ランク冒険者なら確実に命を落とす相手じゃないか。ベリアル殿まで話に交ざると、本当にカオスだ。

それと多分、ノルディンの言う竜とベリアル殿の言う竜では、ランクが違うだろう。

「巨人族の相手も楽しいものよな」

「そういやこの前、ウルリクムミって名の、岩でできた巨人の討伐をしたんだよ。依頼を受けた時に聞いてたよりも、よっぽどでかくて」

「アレは絶えず大きくなるのよ。早めに倒さないと。他の巨人と同じで足が弱点だけど、水にも弱いから倒しやすいですよ」

この前のアレは大変だった。Dランク以上と書かれていたのに、そんなランクで倒せる巨人ではなかった。なるほど、育つ巨人。それは危険だな。元々はDランク程度の敵だったのか。

イリヤはさすが博識だな。覚えておこう。

しかし周囲が畏敬の目で見ているが、三人とも気付かないんだろうか……？

「……で？　そろそろ視線が鬱陶しいのだがね、そなたらの知り合いであるか？」

いや、君達の会話に皆が聞き耳を立てている……と思ったが、それではないようだ。

ベリアル殿の言葉を聞いた影のような何かが、棚の脇から慌てて逃げようとする。

「我に背を向けるのかね……？」

掲示板の前にいたはずの赤い髪の男が、言い終わるよりも早くその影のような何かの眼前に、明らかに不機嫌だという素振りで立っていた。

逃げようとしたのはインプと呼ばれるデーモンで、命令を聞かせやすいのでよく召喚される。

ダークウルフと戦える程度の戦闘力があり、背が人の半分もなく足音を立てない為、見つかりにくい。髪はなく肌は緑色、とがった耳にぎょろりと大きな目をし、口には牙を生やしている。

比較的扱いやすいとはいえ、普段は不遜なデーモンが悲鳴を上げて平伏した。

異常な光景だ。

「ひいぃっ、すみません！　そこの二人を探って来いと、命を受けたのです。まさか貴方様が……」

「……我が誰であるかは、他言無用である」

「……ひっ、はひ……!!」

「去ね。二度目はない」

血も凍るような視線と低く吐かれた言葉に、ひどく怯えながら何度も頷いて、インプは転げるように姿を消した。

「気付かなかったな……。私達を探っていたとなると、どうせ同業者だろう。どんな依頼を受けるか、どのような装備をするのか……、そういうことを知りたがる人種もいるからね」

〝我が誰〟かは気になるが、聞くべきではないのだろうな。

そして私達は、沈黙の中でギルドを後にした。

ちょっとした波乱のあった冒険者ギルドを出てから、目的のラジスラフ魔法工房へ向かった。
工房では昨日と変わらず皆が慌ただしく作業をしていて、とても活気がある。私の姿を見つけた工房主のラジスラフが、手を振って招き入れてくれる。
「おお、イリヤさん！　今日は何を作るんだね！」

忙しい中で場所を提供してくれているのに、親切な人だよね。

「昨日はお世話になりました。こちら、冒険者のノルディンとレンダールです。ノルディンが剣の魔法付与について相談があるそうなので、ともに参りました」

「そうか、二人ともようこそ！　まず話を聞こうか。おいベイル、こっちへ来い！」

呼ばれて走ってきたのは、魔法付与を専門とする職人だそうだ。帽子を脱いで、挨拶してくれる。

他に仕事のあったラジスラフとはここでいったん別れて、工房内の武具製作所にある、打ち合わせ用の席に案内された。

壁には様々な武器や防具が飾ってあって、本棚には辞典やノートが乱雑に詰め込まれている。

「実はこの剣に付与されてる魔法なんだが……」

ノルディンが剣を鞘から抜き放つと、厚みのある刀身が銀色に鋭く輝いた。

ポンメルと呼ばれる柄頭に一つと、見事な飾りのガード部分の裏表一つずつ、全部で三つの宝石が埋め込まれている。かなり高価そうな品物だ。

それをベイルと呼ばれた職人が受け取り、真剣な表情で全体を隈なく眺める。

「ほう……ミスリル製か。こりゃ素晴らしいな。付与されてるのは二つか」

「あの、私も見せて頂いても？」

久々の魔法付与された武器。ちょっとテンションが上がる。

持ってみると大きさのわりに意外と軽く、しっかりと手入れされていて、刃こぼれ一つしていない。宝石は少し表面に傷があった。

「これは、攻撃力上昇と氷の魔法を付与してありますね」

「そんなすぐに解るのかい⁉　こりゃ若いのに立派だな。親方が気に入るわけだよ。ところで、斬るところが見たいんだが、ちょっとやってもらえるかい？」

ベイルという職人が感心したように私に頷いてから、ノルディンに声を掛けた。

「おお。で、何を斬りゃいいんだ？」

「ちょっとこっちに来てくれ」

この部屋から直接隣の部屋へ続く扉がある。そこを潜ると窓がなく、しっかりとした壁に囲まれた無機質な部屋があった。厚みのある布を丸めて紐（ひも）でしっかり縛った円柱状の物がいくつか転がっていて、それが二つと、丸太のような棒、金属製で細めの棒状の柱が立っている。

「これこれ、この布のやつさ。魔法の発動具合を見るんだ、ちょっと装置を入れるから待ってろ」

「これは……珍しい装置ですね」

一緒に来たレンダールがしげしげと眺める。彼は魔法道具全般に興味を持っているのね。

私のローブもすぐに見破ったし。

ベイルは棒の後ろ側に行って何かの機械を操作してから、こちらに戻ってくる。

ノルディンが布の前に立ち一呼吸おいて剣を振った。

円柱状に丸められた布はあっさりとまっぷたつに切れて、ピキピキとひび割れるような音をさせてから、切り口がパキンと凍りつく。

ベイルは落ちた布を跨いで、機械に再び向かった。

「ふむ……、あまり出力がないようだ。魔力が薄れているかな」

「それに魔法の発動が遅いですね」

機械は宝石から放出される魔力量を量るのね。出てきた紙に書かれた、グラフを眺めている。

「できればもっと効果を上げて、もう一つの宝石にも何か付与したいんだ。でも、一本の剣に三つはムリだと言われてなあ」

「一本の剣に三つっていうのは、剣の強度の問題もあって、あんまり良くないらしいからなあ。やるなら耐久性の強化を足す方を、お勧めするよ」

「なるほど……、とりあえずちょっと貸して」

私はノルディンから剣を受け取った。この程度の出力のままじゃ、正確な性能が測れない。

宝石に魔力を足すよりも先に、ちょっと確かめたいことがあった。

「こちらの布も、斬っても構いませんか？」

「いいけど嬢ちゃん、剣は扱えるのかい？」

「剣は使えませんね。私が使えるのは……」

ベイルが困ったように笑う。

言いながら宝石を通して、剣に外から、魔力を纏わせた。そして発動が遅いと思っていた回路を、強引につなぐ。

「魔法だけですから！」

振り上げたら少しよろけたけれど、巻かれた布に剣を叩き込んでみる。

今度は剣が通り過ぎる瞬間に布は凍結し始め、布全体が一瞬にして氷に包まれた。

そしてゆっくりと落ちて、床でパアンと砕けて散らばる。壁まで滑った欠片が、ぶつかって軽く跳ねた。

「あら、結構使えるのね。これならちょっと工夫すれば問題ないわ、ノルディン」

「ぷ……っ、くく、そなた本当に武器の扱いが稚拙であるな！　見ておれんわ、我に貸せ」

目を丸くしている三人とは対照的に、ベリアルはなんだか声を立てて笑っている。

そんなにみっともない振り方だったかしら……。確かにふらついたけど。

私が持っていたノルディンの剣を奪い取ると、カツカツと優雅な歩みで、まっすぐに金属の棒の前へ進む。

「はっ……、おい、そんなの斬ったら刃こぼれしないか!?　てかベリアル殿、剣を扱えるのか？」

布は二つとも斬ってしまったとはいえ、よりにもよって硬い方へ向かうベリアルを、ノルディンは慌てて止める。

もちろん彼は、人の話など聞かない。

「小娘よりは使えるわ。たとえ壊れたとしても、その為の工房であろうよ。安心せい」

「安心できねえって……！」

ベリアルが何かを見透かすように剣を眺め、宝石に視線を合わせた。手から溢れるほどの魔力が流れていくのが解る。

そして無造作に片手でひゅっと剣を振り上げ、一気に振り下ろす。

標的の前に構えて、両手で握ってから布を断ったノルディンに比べて、あまりにも大ざっぱだ。

「あああ‼　剣が壊れる‼」

ノルディンは慌てて叫んだけど、次の瞬間には剣が金属の棒を通り過ぎていた。

「まあまあであるな」

囁き(ささや)の後に、刃の道のように斜めの線が棒に現れて、線を境に上と下にスッとずれた。

落ちる、そう思った瞬間、金属の棒は内側から凍るように突如氷で覆われ、突きつけるような冷気が押し寄せる。

「この方が趣(おもむき)があると思わんかね？　……ほれ」

ベリアルが空いている左手の掌を上にして棒に向け突き出し、何かを掴(つか)むように握った。

それを合図にしたように、パアアンと小気味いい音がして、凍った金属は細かい無数の氷のかけらとなり、花弁のように床へと散った。

「…………」

静寂が部屋を支配する。

私は息を呑(の)んだ。これは、これは……。

「……これです！　閣下‼」

「……ぬ？」

足早にベリアルのもとへ歩く。床を見ていなかったので、欠片を一つ蹴飛(けと)ばした。

「お見せ下さい、あ、もう回路が閉じてありますね。……これは私への挑戦ですね！　なんと素晴らしい発想……、これは剣の使えぬ私達では、簡単には思い至らぬ方法です！　ああなんてこと、ここにセビリノ殿がいらしたら、思う存分議論を交わしたいのに……！」

剣を再び受け取った私は、あらゆる角度からそれを確認して、急いで宝石に残る魔力を読み取る。

「おいイリヤ、突然どーしたんだよ」

「あの～、剣をもう一回、見せてほしいんですけど……」

ノルディンとベイルが呼び掛けるけど、興奮した私の耳にはもう届かない。

戸惑って苦笑いの二人とは対照的に、レンダールは何故か強張った表情で動きを止めている。ベリアルだけがその様子に気付き、尊大に見下ろしていた。

けれど私はそんなことには全く気付かず、足早に隣の部屋へ戻り、椅子に座った。

アイテムボックスから白い紙とペン、そして自作の資料をどんとテーブルの上に出す。

数冊に分けてファイルされているソレには、研究の成果や魔法に関する言語、呪文、図式、印章などが項目別にびっしりと書いて綴じられている。

「二つの効果を最大限に引き出すには武器の強度がかなり必要、でも斬る時に必要なのは切れ味。ということは、まず柄頭に籠められた攻撃力上昇を引き出して、次に氷魔法が発動するように仕掛ければいいんだわ！　同時である必要は、なかったのよ……！」

無意識に呟きながら、紙に剣を前と後ろから見た図を簡単に描き、宝石と籠められた魔力について書き加えた。

「それはそうだけど、そんな仕掛けがうまくできるかなあ……？」

ベイルが指で頬を掻きながら、独り言のように呟く。

もう私に話し掛けるのは諦めているようだ。

「なんでこんな単純なことに気付かなかったのかしら。ああ、あとでセビリノ殿にもお知らせしなくては！　第一に発動条件を整えて。剣を学んでいる人は、インパクトの瞬間に握り込むと言うから、その時に一気に攻撃力上昇を流す」

「あのさ。せっかく来てくれた職人と相談しなくて、平気なのか？」

横から覗き込むノルディン。返事をしている場合じゃない。

早く頭の中にある魔法付与した武器を、完成させたくて。調べて書かないといけないけど、書いている時間も惜しい。

付箋がたくさんつけられた資料の、魔法言語の項目をパラパラとめくる。

手でざっと書かれた剣の絵の脇に、魔法言語を何種類か手早く書き出していった。

「魔力の発動を機に氷魔法が追うように発動……！　これね！」

ノルディンはどう見ても魔法が得意じゃないから、少しの魔力で反応するようにしないといけない。感度の強いものにしないと。

となると、使用する言語は。

「こっちよりもこれ……いえ、ここはもっと工夫が必要だわ。五芒星を入れて、模様を追加。そしてもう一つの宝石で、氷魔法を補助させて効果を増幅させる」

新しい紙を出して、剣の刃の部分だけを描き、剣身に魔術文字と図形を書き連ねた。書いてみておかしいと感じた個所は、いったん訂正して別の文字に置き換えた。そして勢いよく立ち上がる。

「これでどう、ノルディン！　剣と氷魔法の強化をこの三つの宝石で行うのよ！　今みたいな強い効果が出せるし、剣の耐久性にも問題ないわ！」

興奮気味に突き出された紙を、ノルディンが呆気にとられた表情で見るともなしに眺め。

そして。

「いや……俺には解らんから、任せるわ……」

返ってきたのは、気の抜けた返事だった。

ええぇ、こんなに良くできたのに。薄い反応だなあ。

剣に文字等を刻む彫金職人をベイルが呼びに行くと、一緒にラジスラフも見学に来た。

無残に転がった試し切り用の棒を見て驚き、私の図案を見て二人して顎に手を当てて唸っていた。

工房の裏には井戸があり、建物の裏口からすぐに水が汲めるようになっている。
レンダールは気持ちを落ち着けようとして、そこで新鮮な空気を肺にためた。
大きく息を吐くと、誰もいないはずの後ろから聞こえる低い声。
「……我に何ぞ、問いがあるのではないかね？」

悪魔ベリアル。緊張から身を固くしつつ、レンダールはゆっくり体ごと振り向いた。

「……それは……、」

「ふ、慎重である事は肝要である」

レンダールが静かに首を横に振る。

「〝我が誰〟か、〝閣下〟が如何なる存在か……、探るのは下世話と言えましょう」

ベリアルが爵位を持つ悪魔であるとは、彼も勘付いていた。更にイリヤが閣下と口走った時、自らの予想以上に高位であると、確信にも似た予感が走った。言い知れぬ威圧感、計り知れぬ魔力、加えて優雅な動作。しかしそれを暴いてどうなるのか？

レンダールは、そのまま口を噤むことを選んだ。

とてつもない悪寒にレンダールが動けないでいるのを、ベリアルの紅の双眸は傲岸不遜に眺めている。

「やはりそなたは、既に答えを得ておるな」

目を細めて傲然と笑う表情は、夜を支配する畏怖すべき不吉なブラッドムーンのようでもあり。

ぞくり、とレンダールの背に恐怖が走った。知ってはならない秘密に手を出したような、足元から這い上がる言い知れぬ恐ろしさがあった。

「……勘違いをしているようだが、我は別に隠しておらんぞ。探られるのは好まんが。そなたの態度は、我が意に沿うものである」

答えられずにいる彼に、さらにベリアルは続ける。

「故に名乗ろう。我は皇帝サタン陛下の直臣にして、五十の軍団を束ねる地獄の王が一人、ベリアルである！　この誉れを、炎の王と謳われし我が力を、隠す必要などない！」

ある程度の予想はしていたレンダールだったが、この悪魔は想像よりも更に恐るべき存在だった。召喚術には詳しくない彼でも、魔王クラスを召喚すること自体が危険極まりなく、かつ無謀だと理解している。国によっては、はっきりと禁止されているほどだ。

しかもその地獄の王たる存在が、一介の人間の女性と契約を結ぶなど、信じられない状況だ。

ベリアルはバサリとマントを翻して井戸の向こう側まで歩を進め、レンダールに背を向けたままで更に言葉を続けた。

「あの小娘は、この我に他人を助けるような望みしか言わん。憎々しいことに、金銀財宝も権力も、有能な使い魔も、我が与えられる富の何も望まぬのだよ。この王たる我が自ら施す恩恵に、あずかろうともせん不届き者である」

「……彼女らしいですね。彼女には悪魔を使役するなどという発想は、ないように見えました。自らのことは、己で為す。貴方に願いを叶えてもらおうとは、考えてもみないのかも知れません」

イリヤへの慈しみを感じさせるベリアルの言葉は、恐怖の象徴とも言うべき存在の内側に隠れる、穏やかに凪いだ海を思わせる。

「そうであろうな。だが……我はアレに、与えてやりたいのだよ」

攻撃力上昇を最大限に引き出して発動条件を追加、氷魔法の籠められた宝石にも発動条件を追加する。そしてもう一つの何も付与されていない宝石には、氷魔法の補助と制御を入れる。

これが、先ほどベリアルが僅(わず)かな時間に外から行った操作だと思う。

彼は火の属性だから氷そのものは扱えないけど、補助ならできる。

そして剣本体には文字と模様の力を借りて、耐久性向上を付与しておく。

彫金とかは職人にやってもらうしかないけど、氷魔法の補助を宝石に入れる作業は、私がやらせてもらおう。まずは剣と図を渡して、彫金職人に作業してもらう。

すぐに作業にかかってくれて、隣の部屋からは、キンキンと金属を打つ音が続いた。

しばらく待っていると、作業を終えた職人が剣を携えて戻って来た。

私は早速魔法円(マジックサークル)を書いた紙を出し、柄にあしらわれた宝石に魔力の補充と魔法付与を行う。

「氷河に深き影を落とせ。さざ波よ集まり、大いなるうねりとなりたまえ」

水晶がほんのり虹色(にじいろ)の光を帯び、元の透明に戻った。よし、これでバッチリね！

次に剣自体の耐久性をアップ。文字と模様に力を持たせるのだ。

「鉱石よ、磨かれて白銀に輝け。水滴を弾き、しなやかに鋭くあれ」

「宝石とは別に、直接剣に耐久性アップって付けられるんだなあ」

「いや……、そんなのはそこらの職人じゃできない。彼女、何処かの貴族のお抱え？」

ノルディンとベイルが私の魔法付与を眺めながら、会話している。宝石に魔法付与を強くつけすぎると剣に負担がかかるから、剣の耐久性をアップした方がいいけど、緻密な作業なの。

これで完成だ。模様が増えたものの、剣身の色や宝石の見た目は変わらない。ノルディンは完成した剣を軽く眺めて、再び用意してもらった試し切り用の円柱状の布の前に立った。

私も実際に試せたらいいのだけれど、ただでさえ武器の扱いは苦手なのだ。持ち主に確認してもらうのが一番いいだろう。

ノルディンが先ほどのようにしっかり構えて振り下ろすと、斬った後に二秒弱ほど遅れて布は完全に氷結した。剣に魔力で合図を送れば、それは粉々に砕け散る。

できた……！　これだ！

「すげえ武器ができたな……」

ラジスラフも感心している。

でしょう！　この理論は素晴らしいわ！

「これは凍らせる信号を阻害することもできるし、コレで……」

私はノルディンから剣を借りて、床に剣先をつけた。そして氷魔法の籠められた石に魔力を送り、発動させる。すると剣先から様々な大きさの氷柱が床を走って、試し切り用の棒に届くと、その棒は一気に氷に覆われた。

「よし、問題ないわ！」

「切れ味も前と比較にならないくらい良くなったし……、凄（すご）すぎるなこれ！」

どうやらノルディンも気に入ってくれたらしい。

魔法付与の職人ベイルと工房主のラジスラフも、しきりに剣の出来を褒めてくれた。

私は作業を終わらせて、机の上を占領している資料を片付けることにした。思わず全部出しっぱなしになっている。夢中になると周りが見えなくなるのは、本当に悪い癖だと思う……。

「イリヤさんよ、できればコレをメモさせてほしいんだが……」

申し訳なさそうにラジスラフ親方が声を掛けてくる。

「全部とは言えませんが、構いませんよ。どれにいたしましょうか？」

「まずは、さっきの剣に付けた耐久性向上が欲しくてよ」

「こちらですね。これは氷耐性を余分に付けているので、こちらの方が汎用性（はんようせい）があります」

私はテーブルに散らかしっぱなしになっていた紙から、該当のものを探して親方に渡した。

親方は嬉（うれ）しそうに受け取って、近くにいたベイルにメモの用意をさせている。場所を借りたんだし、このくらいは何でもない。彼が知っているものより、ちょっと効果が強くなるくらいだろう。

「それと昨日の、魔核を粉にした魔法が知りたいんだが……」

「書き出しておきますね。これは私が、かつての同僚のセビリノ殿と仰る方と開発した魔法なんですよ。とても便利なので、皆様でお使い下さい。そうでした、水の浄化についても記します」

この二つは本当に使えるし、アイテムの効能も上がるから、むしろ皆に広めたいのよね。いい方法はないかな。回復アイテムの効果が強くなれば、苦しむ人が減るはず。

「魔法を開発⁉　そんなこと、できるのか！？？」

ラジスラフ親方が驚いて聞き返してくる。他の皆も、目を見張っていた。

「えと、以前、研究所に勤めておりましたので。現在は隣のチェンカスラー王国のレナントという町を拠点にしております。お近くにいらした際は、是非お声掛け下さい。私もまたこちらに伺わせて頂きたいと思います」

少し魔法付与の話などをしてから通り一遍の挨拶をして、工房の皆に別れを告げた。

私は楽しく過ごせて良かったんだけど、レンダールは自分の武器も頼めば良かったとガッカリしている。彫金はともかく魔法付与ならできるので、いずれレナントに会いに来てねと伝えた。

明日には報奨金がもらえてここを発てるので、ついにこの町ともお別れだ。

夕飯はまたノルディンとレンダールと一緒に取る。宿も同じだし、ちょうどいい。

ノルディンは剣の出来がよほど気に入ったらしく、とてもご機嫌。

「魔法まで開発してしまうとは……、エグドアルムの宮廷魔導師は、優秀なんだね」

「ありがとうレンダール、私は単に研究が好きなのよ」

「それは解るな。俺の剣を考えてくれてる時、むちゃくちゃ活き活きしてたぞ」

「くく、全て言葉に出ておったしな」

ええ⁉　私、全部喋ってたの⁉　驚いて見回すと、三人とも笑っている。

どうやら本当のようだ……。

そういえばレンダールはベリアルに緊張していたみたいだったのに、今はそれもだいぶ和らいでいる。工房で二人ともしばらくいなかったし、何か仲良くなる切っ掛けでもあったのかしら？


次の日の朝食も、宿の食堂で待ち合わせて四人で一緒に食べた。二人はこれから他のメンバーと合流して、今後の予定を決めるらしい。

しばらくはチェンカスラー王国の付近にいるつもりだと言っているから、また会えそうだね。

私達が報奨金を受け取って用事を済ませてから、町の外で二人とはお別れ。とても楽しかった。

「どうせだし途中まで送ってこうか？」

「大丈夫よ、ほら」

ノルディンの申し出を断って、竹でできた特殊な笛を吹く。

すると木の向こうから、ワイバーンが大きな翼を広げて現れる。エルフの森で待っていてくれたらしい。キュイイと鳴き声をあげる。

「……ワイバーン！　これは、もしかして」

「当たりよレンダール！　この子で帰るの。可愛いでしょ？」

「え……かわ……？」

ワイバーンを待っていると後ろから何かが空に躍り出て、追い掛け始めた。

「おい、あのワイバーンの後ろ……！」

ノルディンが私を振り返って、指をさす。

飛竜だわ！　頭と尻尾は蛇で、きれいな玉虫色の体に二本の前足があり、光沢のある緑色の翼を持つ竜。美しい外見で惑わせて襲うので、動きは速くない。

ワイバーンには追い付けないとはいえ、この先には町がある。

「スキタリスよ。ブレスは吐かないけど、体が高温になるから触らないように！」

「了解した！」

レンダールが頷いて、真剣な眼差しで細身の剣を鞘から抜いた。さすがAランクの冒険者、すぐに戦闘に向けての緊張感が漂っている。

「せっかく立派な武器を手に入れたんだ。いいトコも見せないとな！」

軽い言葉とは裏腹に、いつになく真剣な表情で敵を睨みつけながら、剣を構えるノルディン。

ベリアルも手から火を噴き出させ、固めて赤い剣を作る。しっかりと準備をしている二人を横目に、彼はあまり力を籠めてないみたい。

「たかが飛ぶ蛇ではないかね。大した獲物ではないな！」

飛竜といっても下級で、ワイバーンよりは強いかな、くらいだしね。ベリアルなら高温でも問題ないし、彼にとっては敵という程でもない程度かしら。

私はワイバーンに合図を送って、いったん速度を上げて上空を通り過ぎさせた。

徐々に近づいてくるスキタリスに、まずは私の魔法をぶつける。得意の水属性で、中級ランクの魔法でいこうと思う。

「水滴よ、水晶の輝きを帯びよ。玲瓏たる星の如く、目も眩まんほどに。氷の結晶よ、鋭利に輝き迫撃せよ。白く斬り刻め！　グラセ・クリスタリザシオン！」

霧がスキタリスを覆い、白いダイヤモンドダストが陽に反射して輝いている。

冷気で飛竜は動きを鈍らせた。キラキラとした光彩が鋭く尖って槍のように巨体を刺し、傷を与えては溶けて気体に還る。

「さすがイリヤ。魔法のランクのわりに、威力が強いんじゃねえか？」

感心しつつもノルディンは、攻撃のタイミングを窺っている。

「グガアァッ！」

「手応えのない。狩りとも言えぬ獲物よ！」

首を大きく振ったスキタリスに、攻撃の霧を破って上からベリアルが赤い炎の剣を振るう。

斬りつけられて背中を反り、羽の一部が破れた。高度を落としていく巨大な飛竜を、地上でノルディンとレンダールの二人が見上げながら移動している。

「これはかなり有利だな。では行く！」

まずはレンダールが地面を蹴って跳び、破れた羽を完全に斬り落とした。

バランスを崩して一気に高度を下げ、横倒しになったスキタリス。

「てかベリアル殿、魔法の効果が切れる前に攻撃したよな⁉」

ワンテンポ遅れて気付いたようだ。あの程度じゃ、彼に届く前に氷の方が溶けちゃうからね。

考えている暇もなくノルディンが走り、その首の脇に剣を突き立てた。

そして両手で握って、思い切り魔力を解放する。

切り口が凍って、一気に冷気が溢れだした。バキバキとスキタリスの体を氷が覆う。成功ね。

「おおう⁉　やりすぎだろ、この魔法付与‼」

ヒュッと剣を抜いて、慌てて後ろへ下がるノルディン。自分まで凍りそうだと感じたみたい。

ベリアルとレンダールもこちらに戻って来る。スキタリスはもう動かないし、これで倒せたかな。

「……さすがに簡単に終わったね」

「本当だな。突然飛竜が現れたってカンジじゃねえな」

なんだか苦笑いしてるね。飛べない二人からすると、予想外にあっけない結末だったようだ。

「ドラゴンだから報告をしないとならない。町へ戻ろう」

「え？　さすがに目立ちそうだから、遠慮したいな……」

レンダールは一緒に冒険者ギルドへ行こうと誘ってくれている。うーん、また戻るのもなあ。

ベリアルを見ると、面倒だと言いたげだ。

「それは二人にお任せするね」

「イリヤがいたから怪我を負わずに済んだんだ、報酬だって出るんだぜ？」

旋回したワイバーンが戻って来て、地面に降りた。話が続きそうだったけど、背中へ飛び乗る。

「後はよろしく！」

ワンバーンが大きな翼を広げ、空へと舞い上がる。

地上で二人が手を振ってくれているのが見えた。


二人の姿はすぐに小さな点になり、川を越えていつもの町が近づいてくる。

しばらく飛んでいると、隣を飛行するベリアルが、なぜか疑わしげな目で話し掛けてきた。

「……そなた、ワイバーンを可愛いと思っておったのかね？」

「え？　可愛いじゃないですか。いい子ですよ」

「……そなたの感覚は、我には解らんわ……」

懐いたら可愛いと思うんだけど？

「あ、ラジスラフさん！　見ましたよ～、昨日！　Ａランク冒険者が訪ねて来るなんて、さすがですね！」
イリヤを工房に案内した若い兵隊が、街で買い物をしていたラジスラフに声を掛けてきた。

「Aランク？　そんなすげえの来てたか？」

確かに工房には、たまにAランクやBランクなど上位の冒険者や、国の騎士も訪ねて来るが、昨日と言われても特にこれといった人物は思い当たらない。

ラジスラフは片手で食べられるホットドッグを買って、そのままかぶりついた。

「知らなかったンすか⁉　イリヤさんと一緒にいた、Aランクのノルディンとレンダール！　背の高いごっついのと、金髪のキレイな兄さんですよ」

「……！　はあ？　あいつら、Aランクだったのか⁉　どうりで装備の質がいいと……！」

昨日の様子を思い出して、むせそうになる。イリヤは普通の友達のように接していたし、二人ともAランクだと名乗りもしなかった。だから、まさかそんな高ランクだとは思わず、ごく普通に接してしまっていたのだ。

Aランクともなれば、さすがに普段よりも丁重にもてなすのにと、小声でぼやく。

「そんな人と一緒にいて、イリヤさんって何者なんですかね。そのうえあんな怖い悪魔と、契約までしてるし……」

「……悪魔？　悪魔って、悪魔か？」

「悪魔ですよ、あの赤い髪の人。それも知らなかったンすか……？　大丈夫でした？　昨日……」

ラジスラフは手に持ったホットドッグを落としかけて、慌てて気を落ち着ける。

しかし続く言葉は更に強烈なものだった。

「あのベリアルって悪魔が、一人で盗賊の拠点を壊滅させたンすよ……！」

あわれホットドッグは手から零れ落ちて、齧られたウィンナーとレタスが空しく地面に転がった。

「アレシアちゃん。イリヤさんって、まだだよね～？」

イサシムの大樹というDランク冒険者パーティーのメンバー、ラウレスさん。青い髪をした弓使いだ。私が露店を広げたら、すぐにどこからともなくやって来て、ため息をついた。この人は本当にイリヤさんが好きだなあ……。

ていうより、女性全般が好きな気がする。他の露店の女性にも声を掛けていた。ただし、自分より年上っぽい人限定で。

イサシムの人たちは、二十歳かその前くらいみたい。

「まだに決まってますよ。エルフの森からドルゴまで行く予定みたいでしたし」

「ラウレス、諦めなさい。もう出発するからね！」

「……あまりアレシアを困らせるな」

旅の装備をした他のメンバーも集まって来た。リーダーよりもしっかりした治癒師の女性レーニさん、一番大人っぽい重装剣士ルーロフさん。以前より日焼けしたみたい。

「みなさん、お仕事ですか？」

「そうよ、アレシアちゃん。討伐依頼を受けたの。数日で戻るわ」

魔法使いのエスメさんは、今日は木でできた杖を持っている。

「一人じゃ採取に行くなよ、危ないから」

「洞窟のグリフォンは、結局守備隊のやつらが討伐したみたいだけどな。一部の冒険者も、依頼でついてったってさ」

心配してくれたのは、リーダーで赤髪のレオンさん。グリフォンについて教えてくれたラウレスさんだけど、ちょっと残念そう。レオンさんもだけど、グリフォンを倒したがってたからなあ……。

でもたくさんいたみたいだから、行かなくて良かったかもね。

イリヤさんの中級ポーションが入ったら取り置きしておくと約束して、五人を見送った。

妹のキアラも寂しがっているけど、お仕事だから仕方ない。

露店は順調、商売第一よ！

それからいくつか商品が売れて、良かったと一息ついた時だった。

「……こんにちは。アレから問題は起きていないか？」

きりっとした顔立ちの、素敵な騎士で町の守備隊長、ジークハルト様だ。金茶色の髪に、エメラルド色の瞳がとてもキレイ。

「大丈夫です。心配して下さって、ありがとうございます！」

「こんにちは！　私は妹のキアラです。おかげさまで、たくさん売れてます！」

ジークハルト様は微笑んで私と妹を見た。

キアラったらどんなタイミングで言ってるのよ、恥ずかしい。

「では、私も何か頂こうかな？　このポーションは……」

「あ、それはこの前一緒にいた、イリヤさんが作りました。この薬と、魔法付与したアミュレットもです」

「……なるほど、なかなか立派な魔法アイテムを作るんだね」

一つ一つ、真剣な瞳でアイテムを眺めている。選んでるのかな？

買ってもらえるのかなとドキドキしていると、ジークハルト様の肩で何かが光った。

トンボみたいな羽がパタパタと動いて、小さな妖精(ようせい)が姿を現す。柔らかい水色のスカートがヒラリと揺れた。飛びながらこちらの様子を窺っている。

「あ〜、妖精だ。可愛い！」

キアラが喜んで拍手している。迂闊(うかつ)に触ったら壊れちゃいそうなほど繊細だわ。無暗なことはしないと思うんだけど、掴(つか)んだりさせないようにしないと。

「私、シルフィー。ジークが可愛い名前をくれたの」

「よろしく！　私はキアラ、お姉ちゃんはアレシアって名前だよ」

ジークハルト様の周りをくるりと飛ぶと、小さな光が粉のように散った。きっと契約っていうのをしているのね。騎士様なのに、一緒に戦えるような相手じゃないんだ。

「シルフィーは人間に捕まって怖い思いをしたから、突然手を出すと怯えるんだ。最近ようやく外に出られるくらい元気になった。とはいえ、気を付けてあげてほしい」

「あ、はい！」

キアラが元気に返事をする。助けてあげて、そのまま一緒にいるのかな。やっぱり優しい！

シルフィーちゃんはジークハルト様の肩に座って、にこにこしている。捕まって閉じ込められていたんだとしたら、自由になれて良かったよね。

「イリヤさんとも少し話したけど、彼女は魔法の素質があるようだね。一緒にいた悪魔については、何か知っているかな？」

「そうなんです！　イリヤさんは上品で魔法もすごいし、ベリアルさんはとっても優雅で強くて、素敵な悪魔なんですよ！」

「うん、この前の火、すごかったね。ベリアルさん、あんなことできるんだ！」

ジークハルト様は私達の話を笑顔で聞いてくれてる。そしてイリヤさんのアイテムをいくつか買ってくれた。

「ところで、その彼女はどこへ行ったか知ってるかい？」

品物を受け取りながら、ジークハルト様が尋ねてきた。

「エルフの森です。ドルゴの町の魔法工房も覗(のぞ)きたいって、言ってました」

「では、しばらくは戻らないね」

「ん～どうでしょう？　ワイバーンで飛んで行くんだろうし……」

「ワイバーン⁉」

さすがの守備隊長様でも驚くみたい！　ワイバーンに乗る女性なんて、聞いたことないもの！

「はい、ワイバーンに乗るんです。あんなに可憐な人なのに、すごくカッコイイの！」

「イリヤお姉ちゃん、ダークウルフを簡単にやっつけてくれたし」

それにしても、そんなにイリヤさんが気になるなんて、もしかして……⁉

あ、でも新商品が欲しいのかも知れないな。イサシムの皆も楽しみにしてるみたいだし。

他にもチラホラ、イリヤさんの商品目当てのお客さんが増えてきたんだ。

ジークハルト様は、なるほど、ありがとうと言って去って行った。

「バイバイ、またジークと来るね」

「うん、またね～！」

キアラが大きく手を振っている。私も一緒に手を振った。

シルフィーちゃんもジークハルト様の肩で、小さな手を振り返してくれていた。


そのあと商人のビナールさんが来たけど、やっぱりイリヤさんとベリアルさんについて、ジークハルト様に聞かれたみたい。

「俺は見てないけど……、ここで乱闘があったんだろ？　守備隊長が気にするのは当然だろうな」

そう言いながら、露店に並んでいる商品に目を配る。

「そういえば、魔法使いのエスメさんも、イリヤさんの魔法に興味津々って感じでした」

「だろうな。あんな簡単に魔法付与なんてしちまうし、話からしても魔法の方も、なかなかの腕なんじゃないのか？」

ビナールさんはアミュレットの説明を読んで、一つずつじっくり眺めている。

「彼女、もっと色々付与とかできそうだよな！　俺の店にも卸してもらおう……！」

何かつけて欲しい効果があるみたい。

ビナールさんがいなくなった後に話し掛けてきたのは、職人さんっぽい髭のドワーフ。

トコトコと歩いて来て、私達の店の前で足を止めた。

「よお嬢ちゃん、あんたがアレシアって娘かい？」

「はい、そうですけど……」

私を知っているんですかと尋ねると、ニカッと破顔する。

「おうよ、クレマンの……、とと、クレマン・ビナールってヤツに聞いたんだよ。この可愛い嬢ちゃんの露店に、腕のいい魔法アイテム職人がいるってな」

「それならイリヤさんですね。今は出掛けてます」

「なんだ出掛けてんのか。いつ頃戻る？」

今日はみんな、イリヤさんのことを聞いてくるなあ。どのくらいで戻るのか、もっとちゃんと確認しておけば良かった。でも初めての場所だもんね。本人にも解らないか。

「エルフの森からラジスラフ魔法工房に行くんで、もう何日か戻らないかもです」

「そりゃ大丈夫かよ！　最近も盗賊どもの大捕物があったって、冒険者がさっき騒いでたぜ！」

「そうなの⁉　怖いところなんですね……」

そういえばイサシムの皆も、盗賊が出て危ないから状況を知ってる現地の冒険者を雇った方がいいって、教えてあげていた。イリヤさんは雇ったのかな？

それとも、やっぱりベリアルさんと二人だけで行ったのかな。盗賊ってどのくらいの人数がいるのか解らないけど、きっとたくさんだよね。さすがに不安だな。

「なんでもまぬけな話でな、悪魔と契約してるヤツを攫っちまったらしいぜ。連れ去られた奴らは無事だったが、盗賊とその根城は壊滅状態だったたって話だ。どこまで本当かは知らねえけどよ」

……あ、心配する必要なかったかも。壊滅って何をしたんだろ……。

「……それ……、もしかしてイリヤさんかも……」

「はあ⁉」

ドワーフのおじさんは、ビックリして言葉も出ない感じだった。

本人が帰ってきたら、これがイリヤさんのことなのか確認しよう……。

おじさんはまた来ると言って、去って行った。

そうこうしている内に、日が暮れてきた。こんな時間だし、イリヤさんのポーションは完売したから、今日はもう残ってる商品は売れないかな。

「そろそろ帰ろうか、キアラ」

「うん……、あ！　お姉ちゃん、あっち！」

キアラに言われて顔を向けると、人ごみに紛れて赤い髪とマントに黒い服を来た派手なベリアルさんと、白いローブに薄紫の髪のイリヤさんの姿があった。ベリアルさんって目立つよね、すぐに目に入るよ。イリヤさんの髪の色も、この辺じゃ珍しいし。

「ただいま、二人とも！」

「おかえり、イリヤお姉ちゃん！」

「お帰りなさい！　どうでした？」

「うん、大収穫よ！」

笑顔だからうまくいったんだ。それに元気そうで良かった。

夕飯に誘って、旅の話を聞かせてもらいたいな。

私も色々と、お話ししたいことがあるんだ。

幕間　エグドアルム王国サイド　三

ここは港町トエン。

シーサーペント（実際には海龍だったが）討伐作戦の拠点となった港のある、シーラメナの隣の町だ。遠くまで海が見渡せる海岸沿いの岩場に、紺のローブを着た男が一人で座り込んでいた。

「セビリノ・オーサ・アーレンス殿、ですね？」

「あなたは……？」

男は僅かに顔を上げて、こちらを見た。酷く疲れたような表情をしている。

「エクヴァル・クロアス・カールスロアと申します」

片足を引き、軽く礼をする。

「カールスロア侯爵閣下の……⁉　これは失礼いたしました！」

慌てて立ち上がろうとするのを手で制し、アーレンス殿の隣に私も腰かけた。

「私は爵位を継ぐわけではないですからね、気楽にして下さい。今は今回の調査員の一人ですよ」

「調査……、なるほど。しかし私が口にできるのは、魔導師長の報告と同じ言葉だけです……」

アーレンス殿は自嘲めいた笑みを浮かべた。

仕方がない、他人の為に命を捧げた女性の名誉を守ることさえ許されないのだ。

宮廷魔導師である彼は、魔導師長の意向には逆らえない。

逆らえば、彼の実家である男爵家にまで塁が及ぶだろう。実家を助ける為に宮廷魔導師となった彼には、苦しすぎる選択だった。

「気楽にして下さい。私は第二騎士団に友人がいて、実はすみれの君のファンなんですよ」

「…………」

信じられないという様な眼差しの彼に、私は悪戯っぽく片目を閉じてみせた。

そしてこれまで聞き集めた話を、さも友人から語られたかのように話したのだ。

実際のところ、確かに第二騎士団に友人はいるが、すみれの君の話は少ししか聞いていない。大げさなことを吹いてるな、恋は盲目ってやつかと、半分聞き流してしまっていた。

今になって悔やまれるな。

アーレンス殿はそんな私の話に懐かしそうに耳を傾けながら、穏やかな瞳で海を眺めていた。

「彼女を……貴方のような方が理解して下さっていて、嬉しく思います……」

「父に後ろ盾にでもなってもらえば良かったですね。そうすれば、事態は変わったかも知れない」

「……はは、彼女なら断ったでしょう」

ちなみに父とは疎遠なので、後ろ盾なんて頼めない。味方だと知らせる為に言ってるだけだよ。

それからしばらく、すみれの君ことイリヤの過去の話や、彼から見た彼女の評価や人物像について質問した。魔導師の能力を計るなら、やはり同じ魔導師に聞くのが一番だろう。

結論は、聞けば聞くほど有能な人材だった。現魔導師長の首と交換できないか……と、思うくらいには。

その中に一つ、とても気になる部分を見つけた。これまでの会話で、すみれの君を褒めたところで私が密告するとも思われないだろうし、うまく隠している事柄を引き出さねばならない。

「かなり絶望的な状況と伺っていますが……、アーレンス殿は、すみれの君が生きている可能性を考えておいでですね？　そしてそれは、ただの儚い願望とは思えません。何か、彼女には隠している能力があると考えられているのでは？」

「……」

しばらく続く沈黙。

……やはり何かあるのだ。彼の視線は、水平線の彼方へ向けられているようにも見える。

諦めたというより、待っている、ような。

「……確証は……ないのです」

そろそろ手札を切るタイミングだな、と思う。

「……貴方が秘密を打ち明けてくれるのならば、私も一つ……打ち明けましょう」

「……それは、どういう……？」

私は辺りを見回して、人気がないことを入念に確認した。そして隣に座るアーレンス殿の肩に手を置き、小さく言葉を落とした。

「イリヤ殿に生存の可能性があるならば、どんな僅かな手がかりでも辿って彼女を探し出すようにとの、我が主である皇太子殿下からの密命です」

言葉を失うアーレンス殿に、ゆっくりと頷く。

彼の瞳に力の灯りが再び宿ったように感じる。希望という力が。

彼は数秒迷ってから、やがて言葉を選びつつ、ゆっくりと確かめるように口を開いた。

「彼女は……誰にも打ち明けませんでしたが、悪魔と契約していたと思います。これは推察ですが、確かであると私は思っています」

「……悪魔と⁉　召喚術にも通暁していると⁉」

思わず音量が上がってしまう。危ない。わざわざ秘密にするのだし、小悪魔ではないな。

「間違いないでしょう。それも、爵位を持った高位の存在です。魔法も魔法アイテムの精製術も、その存在に教わったと考えれば、辻褄があうのです」

やはり。かなり真剣な表情で、嘘偽りとも思えない。考えに考え抜いた末の結論であるとも思う。しかし高位の悪魔と契約していたとなると、それだけでも既に宮廷魔導師の中でもトップクラスの実力ということになる。

「悪魔だと思う根拠はなんですか……？　魔法が得意な存在は他にもおりましょう？」

「……一度だけ、魔力を感じました。彼女の初陣だった、ワイバーンの群れの討伐の時です。単に討伐という指示でしたが、森に棲むワイバーンを何かが追い立てたようでした。彼女は迫る群れを蹴散らし、一人でその元凶に向かったのです」

まさか何の準備もなく、単独でそんな深刻な事態に立ち向かったのか？

「元凶となったものは、危険な竜であるニーズヘッグでした。その時に、人ならぬ禍々しい魔力を感じました。それも……、一撃でかの竜を焼き尽くす炎という形で」

冷や汗が出そうだ。冷たい海風が髪を揺らす。

「そのような所業は……、爵位を持った悪魔であればできる、というものでもありませんね……」

アーレンス殿は神妙に肯定した。

「彼女は、師が倒したと言っていました。つまり、その悪魔が師であると考えられるのです」

「ならば……、彼女は生き延びていると考える方が合理的だ」

「カールスロア様……！」

彼女は生きている。私は確信を持った。

そして何らかの理由があり死亡したことにして、この国から脱出しているに違いない。

「この話は私で止めておきます。捜索はお任せ下さい。そして、私が任務を暴露したのは、内密に」

「勿論です。よろしくお願いします……！」

何度も頭を下げるアーレンス殿の目からは、涙が溢れていた。生きているだろうと思ってはいても、一人で抱えるには大きすぎる秘密だったのだろうな。海から目を離した彼は、視線を下に移して握っていた手で止めた。開くと白い、小さな石の欠片が掌に包まれている。

「ところで、その白い石はなんですか？　宝石には見えませんが……」

「これは、イリヤ殿が私に残した……宿題とでも言えましょうか。何だと思うかと聞かれたのですが、天然石でも鉱石でもない。魔法付与が及ぼした未知の変化によるものなのか探っているのですが、未だに何も解らないのです」

魔法付与の可能性を疑うだけあって、白い石は何らかの強い魔力を帯びている。しかし今まで見たどの石とも、何かが違う。これはまた難問だな。

「ということは、イリヤ殿が作られた石なのでしょうか……？」

「……石自体を……作った……」

アーレンス殿は動きを止めて、口の中で呟(つぶや)いた。もしかして余計な発言をして、引(ひ)っ掻(か)き回してしまったかな？

「あ、いや素人考えですから、あまり気にされないよう」

「いえ、ありがとうございます。新しいアプローチが見つかりそうです」

噂通りの研究者タイプだな。それにしても、才女からの宿題か。面白い答えが出てきそうだ。

予想以上の成果に満足して立ち去ろうとしたところで、私はもう一つ気になっていた事柄を思い出した。

「ところで……、君は彼女に惚(ほ)れてるのかな？」

「いや、それはないですね」

「……あれ？」

こちらは空振りだった。

書き下ろし　レナントでの日常風景

太陽が昇り東から光が差し込むと、町の活動が始まる。

人通りが少ない内に散歩をする人がいて、冒険者ギルドが開くよりも少し前に、仕事を求める人がボチボチと移動を開始する。荷馬車の確認をする商人や、巡回の兵が三人組で通る足音。

宿の部屋にはそんな雑音が、どこからともなく聞こえてきていた。

静かだったエグドアルムでの朝とは、少し違うわね。とはいえレナントの町に来てからしばらく経ったし、ここでの生活にも少しずつ慣れてきたところ。

物音で目を覚ましてから買っておいた朝食のパンを食べて、部屋でのんびりしている。

さて今日は何をしようかな。今までと違って、いきなり騎士団と一緒に討伐に行けなんて言われないし、唐突に足りないアイテムを作って納めろとの命令もこない。嫌な貴族とすれ違うこともないのがいいね。魔法養成所の授業ができないのは、ちょっと寂しいな。

研究所や魔法実験施設もないから、時間が空いたからって魔法の研究だってできない。

お金を稼ぐ為に頑張ればいいんだけど、突然こんなに自由になっても戸惑うものなのね。


窓の外を眺めていると、外で誰かが手を振っているのが見えた。

「イリヤ、ひま？　町を案内しようか」

二本に分けた髪を三つ編みにしている治癒師のレーニと、おかっぱ頭の魔法使いエスメだ。この町に来てから友達になったの。今日は二人とも仕事はないのね。

せっかくだし、一緒に出掛けてみたいな。

「はい、ぜひ！　すぐに支度して参ります」

「……急がなくていいわよ。別に、出掛けるついでだし」

エスメがそっぽを向いている。でもあれ、照れ隠しらしいんだよね。カーテンを閉めて、急いで部屋着から、胸元にレースのあるカットソーに着替える。腰にはアイテムボックスを装着。室内用のスリッパから白いショートブーツに履き替え、ひもをしっかりと結んだ。

朝きちんと梳かしたけど、もう一回、髪を整えないと。鏡には笑顔の私が映っている。

準備を済ませて隣の部屋の扉をノックして、ベリアルも一緒に行くか聞いてみた。

「我は行かんぞ」

「では、出掛けてきます」

まだのんびりしているみたい。女性三人だけっていうのも、いいよね。

今日は魔法を使う予定がないし、エスメもローブは着ていないから、私もローブを掛けたままにしておいた。二階の部屋なので、小走りに階段を降りる。

「お待たせしました！」

宿の玄関を出ると、目の前にレーニが待っていた。

今日はフリルのついた七分袖（しちぶそで）のシャツに、ひらりと揺れるフレアスカートという格好だ。

「早かったわね。ところでどこか、行きたいところってある？」

特に思い付かないな。もしかして、わざわざ案内する為に誘ってくれたのかしら。

「それがですね、何があるかもまだよく解らなくて。素材やハーブのお店は見つけました」

「イリヤらしいわ。じゃあ、私が使ってる化粧品のお店を教えてあげるわ」

すぐに歩き出したエスメの後について行く。今日はカーディガンを羽織っている。膝丈（ひざたけ）のタイトスカートがショートブーツに合っているわ。

それに比べて私は、カットソーにシンプルなズボン。

……やっぱり二人に合わせて、もう少しオシャレしてくれれば良かったかな。あんまりオシャレな服って持っていないんだけど。


最初に案内された化粧品のお店は、十字路の角にある小さな店舗だった。

たくさんの棚板が狭い間隔でついている棚が所狭しと並べられていて、カラフルな商品が綺麗（きれい）に配置されている。小さな瓶に入ったマニキュアはグラデーションになるように並んでいて、眺めるだけでも楽しい。

「口紅は明るいピンク系が人気よ」

「そういえばピンクだけでも種類がたくさんありますね」

薄いピンクからだんだん濃くて華やかなピンクになるまで、十種類以上もピンクがある。ラメ入りも可愛い。色々と三人で見たけど、今回は化粧水とか肌ケアに必要なものだけを買った。

次に入ったのは洋服を扱うお店で、レナントで女性に人気だという。店内はわりと広くて、壁際の棚には帽子が並べられていた。私は入って正面にコーディネートして飾られている、新作スカートを手に取ってみた。

「……似合うんじゃないの？」

「うん、イリヤって清楚な感じでスカートが似合うのに、なんでローブの下はズボンばかりなの？」

自分の服を選びながら、尋ねてくるレーニ。

「それはですね。飛行魔法を使う時に、スカートだと困りますので……」

「飛行魔法⁉　飛べるの？」

そうか、知らなかったんだっけ。町の中では飛ばないからね。

「飛べますよ」

「スゴイじゃない！　秘密にしなくてもいいのに」

二人とも驚いている。冒険者だとかなり高ランクにならないと、飛べる人はいないみたい。秘密にしていたつもりはなかったのよね。周りも仕事で付き合いのある魔導師は飛べる人が多かったし、感覚がずれているな。

他にもお客さんがいて、服を選んでいる。

赤茶の髪に茶色の瞳をした女性が、胸元にレースとリボンのあしらわれた赤いタンクトップを体にあてて、縦長の鏡に姿を映していた。彼女は一人でお買い物みたい。

「Bランクのルチアさんだわ。オシャレな魔法使いなの。私の憧れよ」

エスメが嬉しそうな表情でそっと囁く。

「似合っていて可愛いですね。でもインナーなのに、華やかですね」

「何言ってんのよ、あれ一枚で着るんでしょ」

レーニがシャツを広げながら、しれっと答えてくれた。

「え？　そうなんですか？　エグドアルムでは女性が肩を出して歩くのは、ご法度なんです。兵士に、はしたない格好だと止められますよ」

「厳しいのね。ここではそんなこと、ないわよ」

エスメまで。なんと。ところ変われば常識も変わる。ということは、Tシャツの袖の短いものは問題ないのか、という論争もここにはないのね。

「それはそうと。イリヤもスカート買いなよ、飛ぶ時ばかりじゃないでしょ」

レーニが選んでくれたのは、白地で裾の辺りに薄紫のラインが入り、下にレースがあしらわれた、膝丈で可愛くも上品なスカートだった。今着ているカットソーにも合うし、とってもステキ。

素直に嬉しいな。これはできれば買いたいぞ。

「あら、それならこれもいいんじゃない？」

エスメは白い上着を選んでくれた。袖には紫のグラデーションになっているレースがついていて、可愛らしい。腰の部分には二段のレース。私の髪の色と似ている。

二人とも、私に合わせて探してくれたのね。好みのデザインだし、両方購入したい。

手持ちの資金を確認して、宿代や食費を計算してみる。せっかくお友達が選んでくれた服だし、どうしても欲しい。

「大丈夫、うん買える。買っちゃおう！」

「……アレだけ魔法が使えるのに、なんでそんなにお金の心配するのよ」

エスメに呆れられた。魔法ってそんなに稼げるの？

「ねえ、せっかくだしここで着替えちゃいなよ。着て見せてほしい！」

「え、でもいきなり足を出すのは恥ずかしいんですけど……」

普段は全然出さないから、なんだか気恥ずかしい。子供の頃も山の中を駆け回っていたので、葉で擦れたり虫がいたりするから、足なんてとてもじゃないけど出さなかったし。

長い靴下でもあればなあ。考えていると、エスメが何かを手に奥からやって来た。

「これ、どう？」

黒いタイツ。これをスカートに合わせるわけね！

結局全て購入し、店員に断って選んでもらったばかりの洋服一式に着替えた。

かわりに今まで穿いていたズボンとかを、お店のロゴが入った紙袋に入れて。

オシャレをしてお買い物、テンションが上がるね！

「似合う似合う、すごく可愛い！」

「……そうね、いい感じだと思うわ」

「ありがとうございます、照れくさいですね」

レーニとエスメが笑顔で褒めてくれる。嬉しい。

二人は動きやすそうな長袖のシャツを買ってお店を出た。冒険者をしていると、袖が破けやすいみたいね。

雑貨屋でお香を売っている場所を教えてもらったり、珍しい品が並ぶことがある素材屋や、文房具を扱うお店も案内してもらった。お香は浄化や精神を集中させたい時に使うよ。

「そういえば、この町に彫金職人さんはいらっしゃいませんか？」

「彫金？　知らないわ。オーダーメイドアクセサリーでも作るの？」

レーニがエスメを振り返るけど、彼女も首を振る。髪が左右に揺れた。

「護符を作る時に、金属に文字や模様を入れたりして頂きたくて」

「そうだったわ。イリヤって、魔法アイテム職人だったわね」

エスメの言葉に二人一緒に、しみじみと頷く。私のアイテムを買ってくれてるのに！

「アレだけ魔法が使えるんだもの、冒険者として登録はしないの？」

「冒険者ですか。アイテム職人になろうと思って来たので、考えてもいませんでした」

二人には魔法の印象が強かったのね。討伐だったら色々してきたし、何よりベリアルがいればどんな魔物も怖くないのよね。もしもお金に困ったら、冒険者という手もありかも。

話しながら歩いていたから、いつの間にかお店が途切れてしまった。

トンカンと金属を打つ音が聞こえてくる。鍛冶工房があるのね。

「ね、あの先にある小さなお店ね、鍛冶のマイスター資格を持ってる人の工房なのよ」

笑顔のレーニが指をさす。エスメも頷く。

「そこで武器を作ってもらえるようになるのが、冒険者の憧れよ」

「私達にはまだまだ、手が届かないの。もっと立派にならなきゃ！」

立派な鎧を身に着けて槍を手に持った人が、入口から声を掛けている。注文をしている人なのかな。彼は店の中に入って行ったけど、鎚を振るう音はまだ止まなかった。


「……そろそろお昼にしない？」

「賛成！」

エスメの提案にレーニが手をあげて同意する。私もお腹が空いたし、歩き疲れたから座りたい。普通に歩くより、買い物で止まったりしつつゆっくり歩く方が、後からドッと疲れが出る気がする。

細い通りを曲がって、彼女達がたまに行くというレストランに入った。空いている席があるから、すぐ案内してもらえた。窓の近くだ、何となく嬉しいな。ガラスの向こうを、兎の耳の獣人が通り過ぎて行った。レナントにもたまに獣人が来るのよね。

メニューは字が読めない人の為に、簡単なイラスト付き。こういうお店のメニューは、エグドアルムと似ているのも多い。勿論知らない料理もあって、米の粉の麺やチャイは初めて見た。

パスタの具材で知らないものが入っていたり、海の近くだったエグドアルムと比べて、魚介類が少なかったりもするね。同じ野菜でもトマトやほうれん草は、こちらの方が色も味も濃い。

「私はドリア。レーニとイリヤは？」

エスメは即決ね。レーニはページをめくったり戻ったりして、まだ迷っている。

「チーズののった、ミートソース」

「私もドリアにいたします」

目移りしたから、エスメと一緒にした。

店内にはジュウジュウとお肉が焼ける音や、鼻をくすぐる美味しそうな香りが充満している。他のテーブルに運ばれていく料理を目にすると、自分までワクワクするよね。

「アレはないんですね、ライスボール」

「何ソレ」

あ、知られてもいなかった。

「たしか、トマトソースで味付けしたお米を丸めて、中にチーズなんかを包み込み、パン粉と卵をつけて揚げる料理です」

「え、美味しそう！　エグドアルムの料理？　こっちでも流行るよ、きっと。他にはどんな料理があるの？」

レーニが食べてみたいと、目を輝かせている。故郷に興味を持ってもらえるのは嬉しい。

「こちらでまだ見ていないものですと、赤いスープもあります。ビーツという野菜を入れると、すごくキレイに赤が出るんですよ。魚介がふんだんに使われたパエリアや、サーモンや酢漬けのニシンを使った料理も有名ですね」

「はあ。食べてみたいなあ。イリヤはお料理とかするの？」

作ってほしいと言ってくるレーニ。しまった、私はごく簡単な料理しか作れない。

「いえ、実はあんまりできなくて……」

「意外だわ。できると思ってたわね」

エスメも私は料理が上手だと思っていたのね。

「調合ならうまくいくんですけど、料理は何と言いますか……、余分な仕事という感じがありまして。全然しないわけではないですよ」

「ああ、なるほど」

レーニがニヤニヤして頷く。

「レーニは料理が得意なのよ。私もするんだけど、味も手際の良さも敵わないわ」

エスメが教えてくれた。レーニは野営の時、たいてい食事の準備を担当しているらしい。

私は食堂で食べ放題だったから、自炊する必要はなかったの。宮廷魔導師専用の食堂もあったけど、そっちはあまり行かなかった。無駄に豪華だし、貴族が多いから入り辛い雰囲気だったわ。

一緒に討伐をしていた、第二騎士団専用の食堂を使わせてもらうことが多かったかな。

第二騎士団は討伐専門の騎士団で、出動が不規則でどこよりも多かったから、いつでも使える食堂が用意されていたの。

私も実家に帰った時は食事の支度の手伝いをしたけど、妹の方がよほど手慣れていた。

「お待たせしました～！」

ウェイトレスが料理を運んできてくれた。早速頂きます！

アツアツのドリアからチーズが伸びる、これがたまらない。鶏肉としめじのドリアだ。ホワイトソースが絡んで美味しい。すごく熱いから気を付けないと。

レーニのパスタはひき肉とマッシュルームがたくさん入ったミートソースに、チーズがのっている。いいなあ。次にこのお店に来たら食べようかな。

「ねえねえ、魔法関係の研究所に勤めてたんでしょ？　どういう仕事をするの？」

食べながら、レーニが興味津々に聞いてくる。この町では宮廷魔導師見習いだったのはまだ内緒にしていて、魔法研究所に勤めていたことにしている。

「中央の研究所では魔法アイテムの研究や召喚術の究明、古文書の保管や解読、魔法の開発や広域攻撃魔法の実験なんかを。地方にも三つほどあって、そちらでは市販の魔導書のチェックや、中央ではやらない弱い魔法の研究、それとこちらでも魔法薬の精製などをしていました」

一般的な返事をしておいた。私が出入りしていたのは、勿論中央の研究所だ。禁書庫は、ここに併設されているよ。

「……難しそうな仕事をしていたのね」

エスメも魔法使いだし、興味があるんだろう。自分では無理だわと呟いて、湯気の立つドリアを口に運ぶ。

「私はかなり楽しかったですけど」

「そんなのイリヤだけでしょ」

同僚のセビリノ殿も、研究所の所長も楽しそうだったよ！

おしゃべりしている内に、料理はすっかりキレイに食べ終えた。

「ねえ、デザートも食べられそう？　このお店の、美味しいから頼もうよ」

横に立てたメニューを取って、スイーツのページを開くレーニ。

「食べたいです！」

食後のスイーツ、それはもう是非！

「予想以上の反応だわ」

一瞬レーニのメニューを開く手が止まる。大きな声を出しすぎた。

「スイーツ、好きなんです。何がお勧めですか？」

「そうね〜、パフェかな。フルーツたっぷりよ。プリンも美味しいのよね。とにかく生クリームがきめ細やかで甘すぎなくて、とてもいいの。スフレもパンケーキも美味しいよ」

「選びきれないですね……！　パンケーキはお腹が空いた時がいいから、除外して……」

やっぱりフルーツがあった方がいいわよね。この中から一つだけを選ばなければならない。

「……選ぶ目が真剣すぎ」

「まあ、誘ったかいがあったわ」

エスメに笑われてしまった。レーニはもう、何を食べるか決めてあるみたい。

ようし、パフェを食べちゃうぞ。でもパフェだけで四種類もある。ここからまた絞らないといけないのね。大変だわ、どれも美味しそう。

……うん、決めた！

店員が食べ終わった食器を下げに来てくれたので、そこで追加の注文をした。

「そうそう、甘い物とかが好きなんでしょ。王都に続く西門の方にフルーツ専門店があるから、変わったフルーツが欲しかったらそこに行くといいわよ」

三人分を頼んでくれたレーニが、思い出したように口を開いた。

「ありがとうございます。それは気になりますね」

「この町は飲食店も多いし、なかなか快適なのよ。……王都程じゃないけど」

メニューを戻しながら話すエスメ。

このレナントは、南にフェン公国、東側の山脈には鉱山の町、西は王都に続いていて北側は主要な都市があり、それらの中継地点になっている町。偶然だけどいい場所に住むことになって、良かった。落ち着いたら色々見て回りたいな。

宮廷魔導師見習いの頃と違って、国外に出るのも自由だから気楽でいいよね。前は立場上、事前に許可が必要だったの。


さて、本日のデザートです。

じゃじゃん。その名も、まるごと桃のパフェ。

パフェのグラスの上部に、丸ごと一個分の桃が食べやすく切って盛りつけられている、感動的な作品です。とても豪勢だ！

「すごい、絵よりもたくさん桃があるくらいですね！」

「そうなのよ。ここに来たら、デザートまで食べなきゃ！」

桃がスプーンで簡単に切れるくらい柔らかい。それをおもむろに、口に運ぶのだ。

「はああ……美味しい」

「でしょでしょ！　オススメのレストランよ！」

白いクリームに、何故かイチゴソース。でも赤が可愛い。これは色で選んだのかしら。

「チェンカスラーは、フルーツを使ったスイーツが充実していていいですね」

「そうなのよ。季節でも変わるから、毎シーズン一回は来なきゃダメよ」

なるほど。ここに住むんだから、しっかり通おう。桃の次は何かしら、楽しみが増えたわ。

「エグドアルムには、こんな甘い桃はありませんでした」

フルーツが種類豊富で瑞々しい。それに新鮮なものが多い。

「フルーツの生産に力を入れてるみたいでね。山の方とかでも、色々作られてるよ」

レーニが食べているのはプリンアラモード。プリンにバナナやキウイなど数種類のフルーツ、クリームもたっぷり添えられている。これもいいわねえ。プリンも好きだわ。

「エグドアルムは砂糖を全て輸入に頼っていたので、高価なんです。スイーツの種類も、ここより少なくて。子供の頃は、ベリアル殿がご褒美とかでくれるケーキが本当に嬉しくて！　うちでは滅多に買えないごちそうだったんです」

「ケーキは記念日って感じだったけど、そんなに食べられなかったんだ？」

プリンをスプーンですくって、口に運んでいる。やっぱり美味しそう。

「私の家は早くに父親を亡くしてしまったんで、母は苦労したと思います。村から出て買い物にも行けなかったですし」

「そうなの……。イリヤって能天気だから、楽しく過ごしてきたんだと思ってたわ」

エスメが同情してくれるんだけど、能天気って。そんな印象だったの？

「海に面しているので、塩はこちらの半額以下でした」

「塩が安いのはいいけど、砂糖が高いと困るわね」

エスメもスイーツ好きなのね。黄緑と紫の葡萄が入ったパフェを、嬉しそうに食べている。え、皮も食べてるんだけど。それに種は？

私が驚いて眺めていると、スプーンに葡萄を一個のせて、こちらに突き出してきた。

「この葡萄は、種がなくて皮も食べられる品種よ」

「そんな品種が……」

「……眺めてないで、食べなさいよ」

なんと、ツンデレエスメが葡萄をくれる。

「ありがとうございます、頂きます」

遠慮なく頂戴した。皮はすぐに歯で破れるほど柔かくて、渋みもない。そして本当に種もない。素晴らしい新発見よ。これはパフェにピッタリの葡萄だわ！

「本当に美味しそうに食べるのね」

「ねえねえ、プリンも食べてみる？」

今度はレーニが腕を伸ばして、私の口にスプーンを向けてくれた。おさげの髪が背中から前に、流れて揺れた。

プリンは少し硬めのタイプで、味が濃厚。これはとてもいいプリンです。

「ごちそう様です。どちらも本当に美味しいです」

「すごく目が輝いてたわ」

二人がクスクスと笑う。そんなに表情に出ていたかな。

ちょっと恥ずかしいけど、これが女子会というものなのね。楽しい！

ここはフルーツをふんだんに使ってくれている、いいお店だ。覚えておかないと。

三人でスイーツを堪能していた時だった。


「僕は大したものは貰ってないよ！」

突然、怒鳴り声がした。思わず振り返ると、私の後ろ側のテーブルで男性二人が言い争っている。

若い方の男性が、さらに続けた。

「兄貴は家を継いだじゃないか！」

「俺はずっと面倒をみてたんだよ。お前は親父が生きていた時に小遣いを貰ったり、援助を受けてただろうが」

「そうは言っても、家にはもっと色々残ってるだろ。それでいいはずだ」

「いや、こればかりは譲れない‼」

どうやら遺産相続で揉めているような。

バンとテーブルを叩いて、はずみでコップに浮かぶ氷がカランと揺れた。まだ言い合いは続いているけど、平行線だ。お互いに欲しい遺品があるみたいね。

私達は食べているだけなんだけども、楽しむ雰囲気じゃなくなっちゃったな。

「お客さん達。店内で大声を出して揉められると、困るんですけど！」

店員の女性がテーブルの脇に来て、注意してくれた。

「あ、すまん。つい声が大きくなりすぎた」

「ああ……、ちょっと頭を冷やそう」

良かった、店員さんに当たるような人達じゃなくて。二人はその後、軽く周りに頭を下げて、声を小さくして話を続けていた。

「親父は、俺にくれると言っていた」

再び向き合って、兄の方が先に言葉を投げる。

「いや、僕に譲ると確かに言った。だいたい兄貴は絵画になんて興味ないだろう」

揉めている原因は、絵画のようだ。きっと値が張る品なんだろうな。

お互い自分に譲ると言われたと主張していて、一歩も譲らない。

「ねえ」

レーニが顔を寄せたので、私もテーブルの中央に身を乗り出した。

「揉めてる二人ってさ、どっちかが嘘をついてるのかな。それとも間違えて、本当に二人ともにあげるって言っちゃったのかしら」

相手に聞こえないようになのか、小声で話をしている。隣の会話が気になるのね。

「このままでは平行線ですね」

「……全くよね。そうだわイリヤ。本当のことを言う魔法とか、ないのかしら？」

「ないでしょ、そんなの。エスメってば無茶ぶりすぎ」

本当のことを言う魔法。それはないわね。でもそういえば……

「魔法はありませんが、薬ならありますよ」

「え、あるの⁉　本当のことを喋(しゃべ)っちゃう薬！」

驚いたレーニが思わず声を張り上げると、揉めていた二人もこちらをバッと振り返った。

「本当にそんな薬があるのか？　あるんなら金を払う、譲ってくれ！」

すぐに欲しいと言ったのは兄の方で、弟は兄をチラリと見た。これだけで解りそうな気もする。

とはいえ、反応だけだと何の証拠にもならないものね。

薬を持っていたら譲ってもいいけど、私個人の薬ではないので、持ち出しはできなかった。

「ご用意はできます。素材を集めて作業場の予約もしてから作らなければならないので、数日かかると思いますが」

「構わないが……、あんたが作るのか？」

「持ってるわけじゃないのか」

兄に続き、弟も訝し気な視線を私に向ける。そうだった。ローブも着ていないんじゃ、全然職人にも、魔法を使ったりするようにも見えないわ。

「ふふん、イリヤは優秀な魔法アイテム職人なのよ」

「私達も彼女からポーションを買うけど、効果が高いわね」

胸を張って私を紹介してくれるレーニとエスメ。男性も少しは納得してくれたみたい。

「素材の値段が解らなくて……。採取できる薬草もありますので、そんなに高いものにはならないと思います。そうですね、中級ポーションと同額で如何でしょうか」

「そのくらいの値段ならいいか……。お願いしよう。いいな⁉」

「……そうだな、頼むよ」

弟の方は歯切れが悪い感じだった。そうだ、先に言っておかないと。

「確実に効果があるとは、お約束できませんよ」

「そうか、まあ仕方ないよな。このままケンカになるよりいい」

二人は揉め続けるよりはマシだろうと、頷いている。あんまりこじれると、関係が修復できなくなりそうだし。

うん、話はまとまった。食後の紅茶を頂いたら、解散して薬の作製の準備に入らなければ。

せっかくのお出掛けだったのに申し訳ないけど、舞い込んだ仕事を受けるのも大事よね。

「誘って下さったのに、すみません」

「仕方ないわよ。私が余計なことを聞いたんだし……」

「私も大声を出しちゃってごめんね」

エスメはバツが悪そうにして、レーニには謝られてしまった。彼女達の責任じゃないんだけど。

「いえ、珍しい薬が作れるので、とても楽しみです！」

「やっぱイリヤだわ」

あれ、どういう意味だろう。

「あ、これってギルドの承認とか、いるんでしょうか？」

ふと疑問を口にすると、紅茶を飲み干したレーニがカップを置いた。

「いらないでしょ。必要なのはポーション類だけだって聞くし。個別の取り引きを全部監視してたら、武器屋なんて大変よ」

確かにそうだわ。そもそもこの薬って試験紙とかで効果を確認できるものじゃないし、提出されてもむしろギルドが困るかも。

名残惜しいけど二人と別れ、まずは薬草をお買い物。

あったあったよ、砕く草こと、ラズルィフ・トラヴァー。コリアンダーとラベンダーも入れよう。

それから知り合いになった、商人のビナールのお店へ行く。

「こんにちは。お尋ねしますが、ベラドンナエキスのお取り扱いはございますか？」

「おや、イリヤさん。それならあるけど、何に使うのかな？　毒性は知ってるよね？」

ちょうど店内で商品の確認をしていたビナールが、こちらに視線を移した。

「はい、勿論でございます。注文のあった薬の材料として使います。エグドアルム時代に使用していますので、用途も量も心得ております」

「うん、まあ大丈夫だろう。君、持ってきてくれる？　彼女は取引のある職人だ」

「かしこまりました」

彼と一緒に商品チェックをしていた女性が、すぐにカウンターの奥へ入って行った。

「毒物だから、厳重に保管しているんだ。また何か欲しいものがあったら言ってくれ、ただし犯罪には使わないでくれよ。販売元を調べられる」

「ご安心下さい、ご迷惑をお掛けすることは致しませんので」

良かった、あって。素材屋には置いていなかったの。こういう大きいお店で、しっかり管理しているのね。ビナール本人がいてくれたから、すんなり売ってもらえた。

他は森にあったはずだから、先に作業場の空き状況を確認に向かった。明日の午後が空いていたので、予約しておく。薬草採取には明日の朝、行けばいいね。

国で研究していた薬なので、宿に戻って材料や作り方の手順なんかを確認しておこう。

乳鉢は買ってあるから、コリアンダーの実を挽(ひ)いて粉にするのも忘れずに。

晴れて雲一つない、お出掛け日和！
採取にはベリアルもついてきた。朝の光を胸に飾ったルビーが反射させる派手ないでたちの彼は、

場違いな感じもする。先に採取に取り掛かっていた冒険者が、不審そうな目を向けていた。

私達は湖から更に奥へ行き、森の小道を進んだ。朝露が葉に雫を作っていて、歩くたびに靴や服の裾が濡れた。さて、目的の草を見つけたので、手袋を付けて摘み取る。

「え～と。あった、ヒルグサヤ」

「……そなた、それは毒ではないのかね」

「いいんですよ、今回は毒が薬になるんです」

そうなのだ、ただし分量を間違えると大変なことになっちゃうのだ。毒を使うから、宿の厨房なんて借りられない。もし何かあったら営業停止を喰らうんじゃないだろうか。

「あ、この白い花はスイサイヨウですね。胃の為に入れましょう、葉を使うんですよ」

少し離れたところにあった薬草を採取して、最後にセンガオを探す。どこかで見掛けたはずだけど、この近くにはないから、少しずつ移動しながら周囲に目を配った。

それにしても、周辺を色々探してみたけど、センガオだけ見当たらない。探している内にだんだんと奥へ進んでいる。木の枝が重なっていて、先ほどよりも少し暗く感じる。見つからなかったら買うしかないのかな、でも売っているのを見掛けていない。とにかくお昼までは探そう。

慎重に草を分けて進んで行くと、ついに子供の身長ほどの草丈で、白い花を咲かせるセンガオを発見した。種子と葉に毒性が強く、今回使うのは大きな卵型をした葉の部分。一つの枝にたくさんの葉が付いている。これでバッチリ。

「終了です！　お待たせしました」

「うむ」

だいぶ移動したみたいで、大きな道の近くまで来ていた。歩きやすい方がいいので森から出ると、グリフォンのいた洞窟よりも更に先まで進んでいた。

さて帰ろう。そう思い歩き出した時、町とは反対側から人の声が聞こえてきた。

「グリフォンだな、まだいたのか！」

「亜種か？　どっか違わねえ？」

冒険者が交戦中なのかな。聞いた覚えのある声だわ。気になるし、様子を窺うことにした。

「あまり楽しい戦闘ではないようであるがね」

「あまりも何も、楽しい戦闘なんてないですよ」

「どうせ出るのならば、ドラゴンでも出てくれれば良いのだ」

ベリアルの趣味は、ドラゴン狩りらしいんだよね。それって趣味にすることなのかしら。ドラゴンから採取できるドラゴンティアスは薬の素材になるから、助かりはするけれど。

カーブになっているので、音はすれども姿は確認できない。小走りで向かい、魔物と対峙する男性二人の姿を見つけた。

昨日一緒に買い物をしたレーニとエスメの冒険者パーティーのメンバー、剣士のレオンと弓使いのラウレスだ。辺りを確認するけど、今いるのは二人だけ。

魔物は一頭、だけどあれはグリフォンじゃない。

グリフォンのような鷲に似た上半身で翼もあるけど、下半身は馬という姿。

グリフォンの上位、ヒッポグリフ！

確かグリフォンでも強敵のような話しぶりだった。それなら二人でヒッポグリフと戦おうなんて、無茶なんじゃないだろうか。グリフォンより強いけど、それほど獰猛ではない。とはいえ、馬や人を好んで食べる危険な魔物なの。

「おっし、やるぞ！」

ラウレスが放つ矢を、目標は軽く避けて四本の足で走る。

剣を持って構えたレオンが、ヒッポグリフに向かった。振り上げた剣は鋭い鉤爪で防がれ、力に押されてよろけてしまう。すかさず尖った嘴で襲ってくるけど、バッと横に身を躱し、ラウレスの二本目の矢がレオンの脇を過ぎて、ヒッポグリフを掠めた。

グリフォンに比べて反応速度が速いみたい。捉えたと思ったのに、当たらなかった。レオンがすぐに体勢を整え、剣を横に振る。首を斬り、魔物から血が流れた。しかし傷は浅い。

「キュオォォウオ！」

ヒッポグリフが甲高い咆哮をあげ、威嚇するように後ろ足だけで立つ。

バサバサと翼を動かして、空に躍り出た。これは、本気になったみたい。

「ベリアル殿、危険です。助けねば……！」

「実力もない者が調子に乗ると、ろくな結果を生まぬものよ」

突然襲ってくるような魔物じゃないから、うまく戦闘を避けるべきだったのよね。

飛び上がったヒッポグリフがラウレス目掛けて降下し、襲い掛かる。慌てて引かれた弓から放たれた矢は、掠めただけで岩山に当たって落ちた。構わず勢いよく向かってくる敵から逃れようと駆け出したけど、移動するのが早すぎて後を追われている。引き付けて避けるべきだっただろう。

「うわあ、ヤバイよコイツ‼」

「そのまま逃げろ、ラウレス！」

レオンが声を掛けて走り、ヒッポグリフの馬に似た胴に剣を叩きつける。

胴体は意外と硬いみたいで、彼の剣では大した傷は負わせられない。

「ギュアアァァ！」

攻撃されたヒッポグリフが、怒ってレオンに前足を振り上げた。いったんは剣で防いだものの、重い一撃に後退させられる。

そこにもう片足が肩を狙って繰り出された。太陽に反射してギラリと光る、鋭い鉤爪。

「レオンッ‼」

ラウレスの声が響いた。逃げるのをやめ、立ち止まって矢を筒から取り出す。今からでは間に合わないけれど、必死に矢を番えている。

「うわああ……っ！」

当たる！　レオンは急いで剣で身を守ろうとしている。

私はウィンドカッターを唱えた。

短い詠唱で風の刃を飛ばす魔法だ。

今まさに獲物を痛めつけようとするヒッポグリフの前足に当たり、千切れた痛みに甲高い悲鳴を上げて、足を引っ込める。

その隙にレオンの首根っこを赤い爪をした手が掴み、乱暴に彼を後ろへと放り投げた。

割って入ったベリアルが、再び体勢を整えて嘴での攻撃を試みるヒッポグリフの胴に、掌を向けて勢いよく炎を浴びせる。ヒッポグリフはのけ反り、翼を動かしてバサッと後方へ逃れた。

「大丈夫ですか？」

「あ、イリヤさん！」

弓を用意していたラウレスの腕の力が緩み、こちらを向く。

「助かりました。ベリアル殿、スゴイですね」

レオンの視線の先では、赤い剣を持ったベリアルが襲いくるヒッポグリフを真正面から斬りつけていた。ベリアルにとっては弱すぎる相手だろうな。

「一頭しかおらんのかね」

どうやら物足りなかったご様子で。止めを刺して辺りを探している。周りには他に動くものは見当たらない。単体で活動していたようだ。

「ありがとうございました、この一頭だけみたいです。ところで、その。核は、……魔核はどうするんですか？」

レオンが遠慮がちに聞いてくるけど、要らないかなあ。

「ヒッポグリフですし核はあると思いますが、きっと小さいですよ」

あんまりお金にならないんだよね。薬に使うならもっと質が高いものがいいし。

「ヒッポグリフ？　グリフォンと違ったりするッスか？」

あ、そうだった。そこから知らなかったのね。違いを説明しないといけない。戦いを挑むにしても、相手を把握しないとダメだよね。

ヒッポグリフの説明をして、核は二人に譲ることにした。

「グリフォンより上位だったんですね……、本当に助かりました。核も譲って頂いてすみません、ありがとうございます」

深々と頭を下げるレオン。ラウレスも一緒に、ぺこぺことお辞儀をしている。

「今回はお二人だけで討伐を？」

「いやあ、ちょっとした採取の依頼なんで、手分けしたんです。三人は別のところに行ってます。この魔物は偶然出くわして、倒してやろうと思ったんですけど……」

レオンはバツが悪そうに説明してくれる。

グリフォン一頭だけだと思って戦ったら予想より手強くて、ピンチになっていたわけだ。偶然だけど会えて良かった。

彼らはまだ目的の品を見つけていないらしいので、森にもう一度入る。なので、ここでお別れ。

私達は町へと戻った。

いったん宿へ帰り、材料を綺麗に洗っておいて、すぐに作業にかかれるようにしておく。

昼食を食べてから、早めにベリアルと一緒に予約した作業場へ出掛けた。

町の中心部に近づくほど通行人が増えて、小悪魔や契約した存在を連れている人も見受けられるようになる。ベリアルがニヤリと笑うと、小悪魔はビクリと肩を震わせた。

意地悪だなあ。小悪魔はベリアルに脅えつつ通り過ぎていく。

目的の施設へ着くと受け付けを済ませ、地下にある作業場へ移動。

まずは念の為に布で口を覆い、手袋をする。そして買い集めた素材と、新鮮な採取したての毒草なんかをテーブルの上に並べる。キレイにしてあるから、すぐに作業に入れちゃう。くふふ。

素材をすり潰して、先に準備したコリアンダーなんかと一緒に鍋で煮る。よしよし、沸騰しない温度に調節しなきゃ。

「匂いが少し、キツいんですよね～」

「楽しそうに言う事かね」

ベリアルはあまり好きではないみたい。眉をひそめている。

このいつもと違う、苦くも青臭い匂いがワクワクすると思うんだけど。焦がさないように気を付けながら、掻き混ぜた。ヘラを追うように色が出て、水が染まっていく。

だいぶ煮詰まったよ。火を止めて、これを濾す。

「ベラドンナだけは、別に抽出しないといけないんですよ。でも機材がないので買いました。毒性が強いですからね、濃度を慎重に調整しないとなりません。これが強すぎると大変なことになります。錯乱、呼吸困難、さらには昏睡状態に陥り、死に至った事例まであるんです！　こんな危険な毒が薬になるというのも不思議なんですが、鎮痛や解毒にまで使われたりするんですよねえ」

「……我にそのような解説はいらぬわ」

つまらなそうにして、壁に貼られた注意書きの方へ顔を向けるベリアル。おかしいな、こんな猛毒が薬になるなんて興味深いのに。

この濾した液に、ビナールのところで買ったベラドンナの根のエキスを投入する。褐色をした液体を、先ほど濾した液に一滴、二滴と慎重に落とす。入れすぎには気を付けて。

作っているのは飲み薬。

しっかりと混ぜて、さあできました。茶色に近い黄色で、ツンとしたキツイ匂いがある。

小瓶に入れて、間違えないようにラベルを貼っておく。

ベラドンナエキスの原液もしっかりと蓋をして、零れたりしないようにしなきゃ。ベラドンナは葉を触ってもかぶれて大変なことになるような、全草有毒な植物なのだ。

「……そなた、国ではそのような薬を作っておったのかね？」

「これはですね、自白剤の効果が強すぎるので、効能が落ちてもいいから副作用が弱いものにできないかと、研究しておりまして。普段は回復アイテムを作っていることが多かったですよ」

まあこんな薬を研究していたとなると、確かに何をしてたのか疑問に思われるかも。これは魔法研究所の所長の提案で、研究をしていたの。セビリノ殿も一緒に資料や素材とにらめっこした、楽しい日々。研究所の倉庫にある素材をガンガン使って実験してたら、いい加減にしてくれと倉庫番の人から苦情が来たり、実験の過程で意図しない効果が発見されて、そのままそちらの研究に移って盛り上がったり。徹夜もしたなあ。

セビリノ殿は楽しそうだったけど、所長は私より三十歳近く年上だし、途中でダウンしていた。

一緒に研究や議論できる相手がいるのって、貴重だったわ。

そしてついに当日。依頼人とは広場にある木のテーブルのところで待ち合わせをしている。見届け人として、レーニとエスメにもお願いして同席してもらった。ベリアルも面白がってついてきている。兄弟は私達より早く着いていて、椅子に向かい合って座っていた。

私はテーブルの脇に立ち、早速作った薬を入れた瓶を出して皆に披露した。

「これが真実を言う薬です。効果が強いので飲み物で薄めます」

まずはコップを二つ用意して、瓶から薬を入れる。指一本分もいらないくらいだ。そこに持ち運び用の蓋がついた筒に入れてあったお茶を、コップに注いで薄めた。薬の色にお茶の淡いグリーンが混ざって、枯れた葉の黄色に近い色になる。

「本当にあるのね。初めて見るわ」

興味深そうに液体を眺めるエスメ。

「自白剤、という種類の薬です。名称はエクパウォール薬、軍の拷問なんかでも使われますよ」

「拷問⁉」

私の説明を聞いた兄弟が、弾かれたようにこちらへ顔を向ける。

「もちろん、効果を薄めて安全性を確保するように改良しております。これはその試作品です」

だから問題ない！　と思う。

これから被験者を募って臨床試験にまわすところだったの。使いたい人がいてくれるなら、使ってもらえるよね。うん、お互いの為にいい。セビリノ殿達も、臨床試験をしたのかしら。

「試作品……？　人体実験ってことか……？」

「そもそも、本当に安全なのか……⁇」

弟の方が薬の匂いを嗅いで顔をしかめる。薄めたぶん匂いは少ないけど、全然しないわけではない。そしてあまりいい香りとも言えないと思う。

エスメも腰をかがめて顔を近づけ、匂いを確かめている。

「エクパウォールと言えば、精神を破壊してしまう薬として有名であろう。しかし薄めてさらに緩和させる素材も混ぜておる、意識が正常に戻らぬという程の事はあるまい。飲めば良いではないかね。愉快な結果が得られそうであるな！」

ベリアルは顔色を悪くして固くなっている二人を、面白がっているな。真面目な研究なのに。

兄弟はそれぞれに渡されたコップを真剣な顔でじっと眺めている。なかなか飲む決心がつかないようね。レーニとエスメも見守っている。

「恐れる必要はございません。御覧の通り、だいぶ薄めております。元のエクパウォールですと精神が強い方でも破壊されてしまいますけど、ベラドンナの成分を極力減らし、一部を無害なコリアンダーに変更したり、ハーブを加えたりして緩和させております。むしろこの程度の成分では、多少酩酊なり気分の高揚なりがあっても、真実を喋るとまではいかないかも知れません。弱いところから始めて強めていけば、安全性は確保されるはずです」

「おいまて、今ベラドンナって言ったよな！　触ってもいけない猛毒植物だろ！」

有名な毒草だから、兄の方が知っていた。

「はい、ベラドンナエキスを使用いたしましたが、これは通常の薬としても用いられるものなのです。研究所でも扱った実績がございます」

薬として飲んでいるものだと聞けば、大丈夫に思えるよね。多分どこの国でも普通の民間人はエキスの抽出なんてさせてもらえないだろうけど、ちゃんと売ってもらえたんだし問題ないよ。

「ほ、本当に飲んで平気なのか、これ……？」

まだ不安が払しょくできないみたい。なかなか難しいな。

「もちろんです。ろれつが回らなくなったり、呼吸まひに陥るセンガオも入っていますが、大量に摂取しなければ命に別状はございません。痛みを緩和させる効果があるので、麻酔薬にも使われるんです。毒も量や使い方によっては薬になります」

「そういう話も、聞くわねえ……」

エスメがボソリと呟く。そうなの、これは毒だけど薬なのよ！

「ベラドンナは実であれば数粒で死に至る可能性がありますが、これは根からエキスを抽出したもので、規定よりも少量しか入れていません。副作用としては、まれに全身に発熱を伴う発疹が起こります。滅多にございませんし、その場合の治療もさせて頂きますので」

アフターケアもバッチリだよと、宣伝した。全くないとは言い切れないから。

「まあ一応、安全……なのかな？」

レーニの口元は引きつってるけど、頷いている。

広場の端では、屋台の人達が準備を始めていた。

「そうです、安全です。飲んで頂き、ぜひ状態を観察して、経過を記録させて下さい！　ご協力頂ければ、お代は結構ですから」

無料ならどうだ！　メモの用意もバッチリよ！

「……兄貴、飲めよ」

「お前こそ……、嘘をついてないって言うなら、飲めるだろう」

「そういう問題じゃなく、これはちょっと……」

兄弟は譲り合っている。どちらも飲みたくないようだ。

少量の薬を混ぜたお茶のコップを揺らすと、お茶に混じって薬の独特のツンとした匂いが、先ほどよりも強く鼻先をくすぐる。

危険性は少ないはずなのに、拷問用に使われている薬の改良版と、素直に明かしてしまったのが良くなかったのかも知れない。確かに怖い印象になってしまう。

「具合が悪くなるとか、少々クラクラしたり気が逸ることはあると思いますが、精神に異常をきたすような結果には至らないと存じます。全部飲まなくても大丈夫です、ご安心してどうぞ！」

さらに説明を加えた。

作った人間に自信がないと不信が増しそうなので、しっかりと胸を張って。

そしてどのくらいの量で、どの程度体調や心理面に影響があるのか、ぜひデータを取らせて頂きたい。あまり効果が薄くても意味がない。

これで飲んでもらえるかな、と期待していたんだけど。

コップを両手で持つ弟の手が僅(わず)かに震えて、液体に波ができている。しばらく俯(うつむ)いた後、意を決したように私に視線を向けた。

「ぼ、僕が嘘をつきました！　すみません、どうしてもあの絵画が欲しくて！」

彼は突然、深く頭を下げた。なんと、飲まずに白状してしまったのだ。

「……せっかく作ったんですし、飲みません？」

「飲みません！　代金は僕が払うんで、勘弁して下さい！　申し訳ありませんでした！」

涙目ですごく必死に謝っている。

これは飲んでもらうのは無理なようだ。折角の被験者だったのに。

「えと……、ありがとうございました、解決しました。お騒がせしてすみません」

兄の方も困惑しながら謝罪の言葉を口にした。さり気なく薬を遠ざけつつ。

代金を受け取ったけど、どうも釈然としない。兄弟は逃げるように去って行ってしまった。

二人が見えなくなるまで見送って、レーニが肩を竦(すく)める。

「……まあ当然の結末よね」

「拷問用の薬って言われて、飲む人はいないわ」

「え～、でもこれではデータが取れません。……自分で飲もうかしら」

「阿呆、やめんか！」

え、ベリアルって私だと止めるの？　応援してくれると思ったのに。経過を記録してくれる人が欲しいんだけど、これはどうやら協力してくれそうにない。

「……私もやめた方がいいと思う」

「イリヤって時々、すごく無謀ね」

エスメとレーニも呆れている。あれれ。

ちゃんと理論上は安全な薬になっているんだけどなあ？

「それはともかく。リーダー達が、助けてくれてありがとうって。あんまりちゃんとお礼をできないまま別れたって、気にしてたわ」

ヒッポグリフのことね。二人だけだと、危なそうだったものね。うまく話題を変えられたような。

「いえ、お気になさらず」

「……私も感謝してるわ」

エスメがそっぽを向いてお礼を口にする。慣れると可愛いな。

「でね、お礼にスイーツでも一緒に食べてきたらって、お金を預かったのよ。他に予定がないなら、これから行かない？」

レーニがウィンクして誘ってくれる。

「人気のケーキ屋さんがいいかしら？　フルーツタルトが絶品よ」

「フルーツタルトですか……！　チェンカスラーのフルーツは本当に美味しいですからね。よろしければ、ご一緒させて頂きたいです！」

これは嬉しいお誘いだ。折角の厚意だし、ありがたく受けさせてもらおう。

私は手をパンと胸の前で合わせた。想像するだけでワクワクする。

「ふふ、イリヤなら喜んでくれると思った」

すっかり読まれているわ。タルトも大好きなの！

「そなたらだけで行くが良い。我はいらぬ」

ベリアルはもう興味がないみたいで、踵を返した。歩き始めてすぐに足を止め、いったんこちらを振り返る。

「そうであった。イリヤがそのおかしな薬を飲まぬよう、監視しておくよう」

「安全な薬になってるって、言ってるじゃないですか！」

おかしな薬じゃないのに。言い終わるとベリアルは、さっさと何処かへ行ってしまった。

まだあまり人の多い時間ではないから、通りを進む赤い髪が見えている。

「……飲まないでね」

あんな言い方をするから、エスメまで念を押してくる。

「……もう。記録係がいないのに、飲んでも仕方ありません。もしも意識が混濁した場合、書き記せませんから」

「意識が混濁って、書いてる場合じゃないでしょ！」

「もしもですよ、もしも。そんな事態にはならないと思います」

二人の目が冷たいわ。可能性としては否定できないとはいえ、安全性はグンとアップしているはずなんだけどなあ。

「ところでベリアルさんへのお礼って、どうしたらいいかな？」

彼の分のお金も預かっているのかしら。レーニが首を傾げる。

「ベリアル殿でしたらお酒が好きですから、お酒を渡せばいいと思います。地酒のような、土地の特有のものなど喜ばれますよ」

詳しいお酒の好みは知らないけど、ワインだったりブランデーだったり、その時の気分で色々と飲んでいた気がする。

「……それならチェンカスラー産のフルーツを使った、果実酒とかでもいいのかしら」

「いいね、エスメ。それでいこ！」

ベリアルにあげるお酒を買ってから、ケーキ屋さんへ行くことにした。

路地裏の小さな酒屋には、所狭しと色々な種類の酒瓶が並んでいる。二人はお酒について詳しくないから、店主が勧めるのをそのまま購入。これならきっと喜ぶね。このお店の場所もベリアルに教えようかな。お酒の専門店はあんまりないみたいだし。

さて、タルトをご馳走(ちそう)になろう。どんな種類があるかな、楽しみ！

子供時代　イリヤの先生

大陸の最北に位置するこの国は海に面していて、低い山や森、東側には荒れた土地などが広がっている。南には険しい山もあるが、王都付近は平野であるな。国名はエグドアルム。

その山間の森の中で、我は座っていた。我が名はベリアル。

地獄の王たる我がこのような場所にいるのには、理由がある。

人間に召喚されたが、気に入らぬ相手だったので殺してここにおるのだ。来る時に少々厄介な天使に会ってしまい、傷を負ったのであるが、平素であればあのような相手に後れを取る我ではない。

この世界では人間と契約をしておらぬと、力が出せぬのだよ。忌々しい事に。

故に、たまたま森で出会った間抜けそうな小娘と契約をして傷を癒し、褒美として我が自ら小娘の願いを叶えてやろうというわけである。

小娘には再びこの場所に来るよう申し付けておいた。いくら間抜けな子供でも、そのくらいは違えはせぬであろう。

しばらくして、藤色の髪にアメジストの瞳をした小娘が、木々の向こうから姿を現した。質素な長袖のワンピースの下にズボンを穿き、布製の靴を履いている。如何にも貧相であるな……。

「こんにちは、ベリアルさん。イリヤと遊んでくれるですか？」

小娘は我の前までやって来て、落ち着きのない態度で尋ねた。

この子供と遊ぶというのは、どうにも表現がおかしくないかね。仕方がない、少しずつ教育していくしかないであろう。

契約した以上、願いを叶えねばならぬ。王たる我が簡単に違える訳にはいかぬからな。

生命、生活を助けるとの内容であるからして、それなりの教養は必要であろう。学があれば選択肢も収入も増えるであろうし、何より我の契約者に相応しくなってもらわねばならぬ。

とはいえこの我が、このように無学で礼儀知らずな子供の相手などしておられぬわ。

……ならば我が配下の者でも召喚させ、指導させれば良いではないか！

ふむ。まずは召喚術から教えるかね。

「小娘、この図を描く練習をせい」

「いいよ！　お絵かき、イリヤとくい！」

我が渡した紙を素直に受け取るが、いいよとはずいぶんと偉そうであるな！

「いいよではない、はいと答えぬか」

「むうう。はいです。描いてあげるよ」

後半が余計であるな！　全く、口の減らぬ小娘よ。

小娘に渡したのは、召喚術を行使する際に対象が来る目印となる座標。これがしかと描けなければ、召喚術は成功させられぬ。娘は適当な棒を拾ってきて、地面に何度も同じ模様を描いている。

飽きもせず楽しそうであるな。何が楽しいのかは解らぬが……。

「これ、落書きをするでない！　なんであるかな、この奇妙な模様は」

「だってこの絵、かわいくないもん。だからイリヤが、ベリアルさんのおかおを描いてあげました」

「これが我であると？　欠片たりとも似ておらんわ！」

顔にすら見えぬ。よくもこれを我だなどと、ぬかしたものである。

「ぶーぶー‼」

「なんとも無礼な小娘よ‼」

「もう、かっこよく描きすぎたです」

だからこの絵の、どこが格好いいのだね！　小娘は口を尖(とが)らせて、また別の場所に図を描き始めた。しっかりと覚えてもらわねば困る。

図を覚えたら、次は召喚する文言を暗唱できるようにする。魔法円(マジックサークル)はまだ良いであろう。我が傍におれば必要などない。

しかし小悪魔ならばともかく、爵位のある存在を召喚しようというのだ。ある程度は魔力の操作も出来ねばならぬか。適当な魔法でも練習させるかね。

小娘が得意なのは、水属性のようである。水の魔法が良いな、アイスランサーでも教えるか。単体への攻撃魔法である。簡単である故、最初に覚えるものとしては妥当であろう。

小娘は我が教えた召喚の文言を何度も繰り返して暗記し、魔法の練習を夕刻まで続けた。

「また明日、あそぼうね」

「…………」

手を振りながら去っていく。遊んでいたつもりかね。よく解らぬ小娘である。

小娘は次の日も、その次の日もやって来た。魔法が気に入ったようである。

「ベリアルさんはどこから来たの？」

「ここよりずっと南東である。召喚される以前は、勿論地獄におったがね」

「ほあ、じごくって村ですか。イリヤの村は、あっちにあるよ」

この我の姿を見て、よくも村などという発想をするものよ。

「いつもひとりです。おともだち、いないの？」

……本当に何の質問をしておるのだね、小娘は。

「召喚とは、単体を喚び出すものである。そなたが召喚術を覚えたならば、我の配下を召喚させる」

「ふおお、イリヤにかかってるですね。がんばる！」

やる気があるのは良い事であるな。

勢い余って棒を振り上げておる。我に当たるではないか！

「ベリアルさんもおともだちがいないと、かわいそう。イリヤがちゃんと、遊んであげるからね」

我の話を聞いておったのかね！

そう言いつつも、棒で地面に座標を描き始める。既に記憶したようで、見本がなくても描けるようになっていた。たまに名前の部分の文字を間違えておるが、その内しっかりと覚えるであろう。

しかし召喚術自体がよく解っておらぬようだな、説明しておくか。

「……小娘。召喚術とは異界の扉を開き、異なる世界より人ではない存在を、この世界に召喚する術である」

「ふむむ？」

手を止め、紫の瞳が首を傾げてこちらを窺(うかが)う。

「人間の魂(アートマン)の核となっているものは、神の魂(ブラフマン)である。この世界の造物主は異界を渡る能力に長(た)けておる故、そなたら人間やそれに準ずる種族、即ち神の魂が核となる者達は、異界の扉を開く事が出来る。しかし我らには、神の魂は使用されておらぬ。故に、召喚は出来ぬ。召喚とは特殊な能力なのである」

小娘は不思議そうにしておる。理解できぬのは致し方あるまい。

「ただし人間のその肉体は、異界の門を通る事は出来ぬ。つまり召喚術を使って呼び寄せる能力はあっても、人間は異界に行かれぬのだよ。我らは異界の門を開けぬが、通る事は出来るのである。人間が異界に行く為には、肉体を棄(す)て魂だけになる必要があるな」

「……んん～？　……えと。よくわかんないけど、イリヤは、ほめられてるですね！」

だからどうして、そのような結論になるのだね！

まあ良い、いずれ我の偉大さを理解する筈(はず)である。そして己の非礼に気付くであろう！

夕方になると、暗くなる前に小娘は村へと戻って行く。

さて、子供の相手も終わった。何処か都市部へでも飲みに出るか。

適当に飛んで行くと、平野に大きな町があるのが視界に入った。石畳の道は馬車も通れるほど広く、等間隔に魔石の街灯が並んでいる。レンガで作られた赤茶の建物や、石造りの豪壮な建築がひしめき、行き交う人々も田舎のそれとは違い、装いが小洒落(こじゃれ)ておる。そこへ降りることにした。

暗くなってきたが人通りは多く、上品な店が並ぶ。

宝飾品店、家具屋、喫茶店。続いて木の扉に繊細な持ち手がつき、重厚感のある看板が掲げられている建物。どうやら酒を提供する店であるようだな。

ここでも良いか。

「いらっしゃいませ。お一人ですか？」

「うむ」

入るとすぐに男性従業員がいて、恭(うやうや)しく席へ案内される。

店内は少々薄暗いが、広い。華やかに生花が飾られ、白い天井からは幾つも繋(つな)がったガラス玉がカーテンのように連なり、明かりに透明な輝きを反射させていた。弦楽器を演奏している者がいて、穏やかな音色が響き渡る。客は数組、席には鮮やかなドレスの女性が侍(はべ)っておった。

席はゆったりと設けられている。二つ繋げたテーブルを囲むようにソファーがあり、ソファーよりわずかに高いだけの仕切りや壁は落ち着いたシックな赤で、金や白で花の模様が描かれている。

床に黒い絨毯(じゅうたん)が敷かれ、カウンターの背後には様々な銘柄の酒が整然と並べられていた。ボトルのデザインから凝っているものもあり、さながら芸術品である。なかなか雰囲気の良い店だ。

奥へ続いておるが、内密の話をするような場所であろう。

我が案内された席に座ると、挨拶をして隣に給仕の女が腰かけた。

そして慣れた手つきで、テーブルの上にあらかじめ用意されていたウィスキーで水割りを作る。

「このお店は初めてですか？　何かご注文なさいます？」

「……そうであるな、あまり良い酒ではないな。値段には拘らぬ、もっと良いものはないかね」

「色々と用意してございます。どのような味がお好みですか？」

笑顔で尋ねる女の口は、ルージュで赤く彩られている。

「以前リンゴから作られたブランデーを飲んだのだがね。それは置いてあるかね？」

「ございます」

「ストレートで」

最初に飲むものとしては、悪くないであろう。女は我の方に、少々体を寄せてくる。

「ご一緒にドライフルーツは如何ですか？　ブランデーによく合いますよ」

「うむ。ではそれも頂こう」

注文を済ませても女は何やら話し掛けてくるが、あまりこの我の気を引く会話でもない。

隣席では三人の男性が会話をしていて、そちらの方が興味が持てる。

「お願いします、是非とも宮廷魔導師として」

「いやいや、つまらん。私は研究所が好きなのだよ」

「しかし今、宮廷魔導師の組織を正せるのは貴方しか……」

「そんな面倒なことはしたくない」

　どうやら魔導師であるのには間違いないようである。誘われている男の方は、ソファーの真ん中で実につまらなそうに、酒をチビチビと口に運んでいる。

　ならば我が質問をしても構わぬであろう。

「そなた、魔法に詳しいようであるな」

　我が声を掛けると、三人ともがこちらに目を向けた。男性達の間と脇に女性が二人、同席しておる。仕切りは背を伸ばせば目が合う程度の高さしかない。

「魔法研究所に勤めておりますからね。何かご質問でも？」

「故あって、小娘に魔法を教えておるのだよ。まずは初級の攻撃魔法でもと思ったのだがね、他にどのようなものが良いかね」

　頼んでおいたブランデーを、一口飲んでみる。ふむ。甘みがあり、なかなか良い味だ。ドライフルーツの皿にはプルーンやレーズン、ベリー、そしてイチジクなどが鮮やかに盛られていた。

「それでしたら、やはり防御や回復でしょう。暴発しても心配がないですから」

「なるほど、確かであるな。しかし我は、回復など教えられるほど正しく記憶しておらん」

　回復ならば己に振りかかろうとも、危険などないな。我の言葉に男は相好（そうごう）を崩す。

「ははは。下級の魔法の魔導書なら、どの魔導書店でも手に入ります」

「そうであったな。うむ、有意義であった。女、あのテーブルにフルーツの盛り合わせを用意せよ」

グラスを持つ手で指し示すと、男は手を振って我の申し出を断る。

「いえいえ、この程度の事で頂けません」

「気にするでない。我は断られる方が慣れておらぬ」

「……では、ありがたく頂戴いたします。地獄の御方」

見抜いておったのかね。なかなか面白い男であるな。ある程度は魔力を抑えておったからな、隣の二人は気付いていなかったのだろう。ニヤリと笑ってみせると狼狽して、我と件の魔導師に、交互に視線を巡らせる。

「ところで我は、この世界は久々でな。何か良い酒は知らぬかね」

「私はあまり詳しくないんですよねえ……」

「でしたら、王室に献上されたワインが入荷されていますわ。如何でしょう?」

女がわざとらしく両手を合わせて頬の横に添え、薦めてくる。

王室とな。王である我に、相応しいではないかね!

「それを持って参れ」

「ありがとうございます」

「私も興味ありますね。こちらのテーブルにも……」

「話が終わっておるのなら、こちらに来んかね?」

小娘の相手ばかりしておったからな。マトモな会話のできる者と話をしたいものである。現在のこの国の状況など、知っておいて損はない。

「では遠慮せず」

男はいそいそと飲みかけのグラスを持って立ち上がった。

「お前達、私はこの方と話をするから。あとは適当にやってくれ」

「いえ、あの……」

「つまらない話題は終了！　さ、どうぞ。まだ質問がおありなのでしょう？」

縋るような同席者達をおいて、さっさとこちらに移ってくる。

さて、何から尋ねようか。夜は長い、まずは乾杯でもするかね。

「ふむ……。そろそろ頃合いであるかな」
小娘に魔法などを教え始めてから何日も経過した。少しずつ慣れてきたようであるし、召喚術も一応、形にはなってきた。そろそろ実行する時期であろう。
「水よわが手にて固まれ。氷の槍となりて、わが武器となれ。一路に向かいて、ひょーてきをつらぬけ！　アイスランサー！」
氷の槍がまっすぐに飛んでいき、木を穿ち凍らせた。当たった場所から根の先、葉の一枚一枚まで白い氷がビキビキと広がっていく。

「……はて、このような魔法であったかな……？」

我が契約者である小娘は、魔法の才能があるらしい。僅か六歳であるに、教示すればすぐに初級魔法を使えるようになる。まだまだ粗削りではあるが、魔力量も多く練習に事欠かぬ。魔力操作は無意識である程度できておる。

得意属性は水と光属性のようだ。ちょうど我と正反対。我は悪魔であるからして、光属性はさすがに教えられぬ。

「小娘、来い」

「……小娘じゃなくて、イリヤだもん！」

「どうでも良いわ」

当初は従順であったに、下らぬ自己主張が増えた。面倒な事である。

しかし文句を言いつつも、小走りでこちらに向かってくる。

「練習させておいた、図を記せ。コンパスを用いて正しくな」

「はい！」

ついに召喚を実践すると気付いたようで、とても素直な返事だ。こやつは学ぶ事を楽しむのが、良いところであるな。

召喚術を行使する為には、異界の門を開かねばならぬ。召喚する者は侯爵であるから、それなりの魔力が必要となる。魔力の操作を練習させた故、滞りなく界を繋げられるであろう。

尖った棒を地面に刺す。そこに括られている紐の先に、召喚用のペンを結びつけてある。

このペンはどのような床にも路面にも書け、かつ消えやすいため後処理が楽なのだ。紐をピンと張って円周を描き、少し手前にも書いて二重にする。中心に北を頂点とした五芒星を描き、四つの方向に四つの名前を書く。

これが座標になり、召喚された存在はここに出現する。

我が居る故、魔法円は必要ない。アレは召喚術師が中に入り身を守る為の物なのだ。

そして教えておいた言葉を唱えさせる。

「呼び声に応えたまえ。閉ざされたる異界の扉よ開け、こくうより現れ出でよ。至高の名において、姿を見せたまえ」

川の奔流にも似た音がして、靄が立ち込める。靄が濃くなって霧となり、白い煙と化して人型を象り、ほどなく悪魔が姿を現した。

人間でいえば四十歳すぎくらいに見えるか。グレーがかった長めの髪を下の方で纏めた、学者肌の悪魔である。

「成功であるな！　久しいな、クローセル」

「なんと！　ベリアル閣下でいらっしゃいましたか。お声掛け頂き、感謝の念に堪えませぬ！」

我が配下であるクローセルはすぐに跪き、我からの招集を受けた歓びに打ち震えている様子であった。当然であるな！

初めて召喚を成功させ目をぱちくりさせておる小娘に、まずはこの者を紹介してやる。

「こやつは水の属性が得意な、魔術に長けた者である。そなたの教師となるのだ、挨拶をせい」

「先生‼　初めまして、イリヤです。よろしくおねがいします！」

小娘が元気に名乗り、勢いよく頭を下げる。

「クローセル、この者は我の契約者である。そなたはひとまず、魔法薬の精製を指導せよ」

「……は、はあ。閣下はこの小娘……もとい、イリヤと申す少女と契約されたので……？」

訝（いぶか）しげであるが、仕方あるまい。どう考えてもこの誉れ高き地獄の王、ベリアルの契約者には見えぬであろう。

「我はしばらく人間界を遊興する予定であるからな、小娘の遊びに付き合うのも一興であろうよ」

「なるほど、契約をされぬと荘厳なるお力が発揮されませぬからな……。さすが閣下、深い御高察でございます！」

この者は正直でとても良い。うむ、安心して任せられるわ！

「ベリアルさんはどうするの⁇」

「我はこの辺りを散策して参る。任せたぞ、クローセル」

「……勿論（もちろん）にございます！」

一瞬の間が不穏であったが、問題はないであろう。我は空へと昇り森から離れ、しばらく近くにどのような町があるのかなどを探索しておった。

やはり平野まで下りねば、大した町はないようである。

いったん小娘達の様子を窺う為、あまり時間を空けずに戻ってみると。


「かっか、かっか、かっかかかっか、かっかっか」

「かっかっかではない、閣下‼」

「かっか！」

〝か〟しか言っておらん……。

「そなたら、何をやっておるのだね……？」

「閣下！　この小娘があまりにも礼儀をわきまえぬので、せめてベリアル閣下とお呼びするよう躾けております。恐れ多くも〝さん〟付けで呼ぶなど、烏滸がましいにも程があります‼」

クローセルを選んだのは間違いであったかな……？

この者は知識豊富で真面目な性格だが、潔癖すぎたか……。

「ほれ、挨拶してみぃ」

「はい！　ベリアルかっか、ごそんがんをはいし、きょうえつしぎょくにどんじます！」

「至極に存じます、だ」

「しごくぞんじますだ」

言いながらぺこりとお辞儀をする。肩程の長さの薄紫の髪が、前に流れた。

……なんだね、これは。

誰が漫才の練習をしろと言ったのかね。

「……クローセル」

「はっ！」

「今日中に小娘が初歩の傷薬を作れるようにせよ」

「閣下、まだそのような段階では……」

こやつはまだ、これを続けるつもりであるか……？

そして小娘は何故、何かを成し遂げたかのように誇らしげにしておるのだね。

「我の命が聞けぬかね……？」

「い、いえ！　即刻指導いたします！」

クローセルは小娘を伴って、そそくさと森の奥へと姿を消した。まずは薬草の説明であろう。

ハッキリと指標を示さねばならんな。なんだか疲れが出たわ……。


しばらくすると豊富に草を入れた籠を持ち、二人が戻って来た。

「かっか、薬草です！　これは全部薬草です。すごいです！　先生は何でも知ってます！」

小娘は嬉しそうに一つ一つ薬草を手に持ち、我に見せながら名前と効能を告げる。

待て、もう覚えたのか？　一度で？　早いのではないか？

さすがにたまに、記憶していないものもあった。しかしなかなかに、筋のいい小娘である。

「ではイリヤは、日が暮れるのでかえります。かっか、先生、さようなら！」

「待て、まだ傷薬の精製が……」

「明日で良いわ。そなたとは少し、話しておかねばならんな」

指導内容を決めておかねば、礼儀作法ばかりになりそうであるからな。

まず薬草を採取する際の小娘の様子を、聞き出している時だった。


「きゃあああ！！！」

姿が見えぬほど遠くへと行った小娘の、悲鳴が聞こえてくるではないか。

「……何事かね⁉」

「獣でも現れたやも知れませぬ！」

我らは小娘の叫びがした方へと急行した。

平和な場所であると、迂闊であったわ！　契約には生命を守る条項も含まれておるからな……！

土を踏み固められてできた道を飛行して急ぐが、山歩きに慣れた小娘はわずかの間にだいぶ進んでいたようだ。

「アイスランサー‼」

なんと、教えた魔法を使っておる。

小娘と対峙しておる熊の魔獣はアイスランサーを喰らって腹に穴が開き、すっかりと凍り付いておるではないか。だからこの魔法でなぜ、こんなにも全て凍るのだ。非常識な小娘である！

魔法で仕留めたというに、自身の三倍はある大きさの、角の生えた熊の魔獣に恐れをなしたか、小娘は地面に座り込んだまま。

「無事かね、小娘」

「かっか……！　うわああん……っ、怖かったです、かっか〜‼」

我が声を掛けると、小娘は泣きながら我にしがみ付いてきた。既に魔獣も自ら討ちとってあって、何が怖いのだかさっぱり解らぬ。

そもそもこの程度の魔獣より、我の方が恐れられて然(しか)るべきではないかね。

仕方がないので抱えあげ、肩に座らせて村の入口まで送ることにする。

「閣下、運ぶのでしたら私が……」

「良い、クローセル。小娘一人、苦でもないわ」

小娘は高いと感心しながら頭にしがみ付いておる。

少しすると先ほどまで泣いておったのが嘘のように、楽しそうにはしゃぎ始めた。

我の肩で、はしゃぐかね！

村の者から見えぬ位置で降ろすと、小娘は小さな手を何度も振って、振り返りながら笑顔で戻って行った。

「どうにも人間の小娘など解らぬ……」

「……なかなか肩入れしておられますな」

「……気のせいであろう。暇つぶしよ」

クローセルのヤツは、見送りながら何を言うやら。

「わきゃっ！」

少し走って、すぐに転びおったわ……。

なんとも世話の焼ける小娘だ‼

「全くそなたは、何をしておる！」

起き上がらせて、今度こそ帰らせた。仕方のない小娘め。

我の契約者であるからには、早々にそれなりになってもらう必要があるな。

あとがき

お初にお目にかかります。神泉せいと申します。元は名前だけだったので、名字をつけました。色々考えたけど全部字数が悪く、やっと姓名判断が凶ばかりから抜け出したのがこの名字です。

カクヨムにうひひひと、夜毎に書いていた『宮廷魔導師見習いを辞めて、魔法アイテム職人になります』が、まさかの書籍化です。ウェブで読んで応援して下さった方、買って下さった方、本当にありがとうございます。平身低頭、ろっこんしょうじょー、どっこいしょ〜！

異世界が好きで、悪魔と魔法の詠唱が書きたくて始めた、この物語。実はもう少し手直ししてから、コンテストに出そうと画策してました。編集さんにお声をかけて頂き、感謝しかございません。全て飛び越え本に。わっほう。手に取れる形を持つ日が来るとは。嬉しい限りです。

このお話はウェブ版に加筆修正をしております。しかし読みやすく改稿して話を盛っただけで、話の流れ自体は変わっておりません。序盤が弱いと思っていたんですが、この書籍ではかなり改善出来たかと。こうやって改善するのかと、アドバイスを頂いて頷きながら手直ししました。続きはウェブでご覧になれます。良かったらドゾ。修正前なので読み辛いかも知れません。

さて、参考にした本を少し。

エリファス・レヴィ著、生田耕作訳『高等魔術の教理と祭儀　祭儀篇』（人文書院刊）から水の浄化の概念と、祝詞（のりと）を少し参考にしました。カバラやタロットがわからないから、私には理解できない世界ですねえ。難しいよ。

もう一冊。これはイリヤオリジナルの解毒の魔法として出したやつです。

藤巻一保・岡田明憲著『東洋秘教書大全』（学研刊）に載っていた、おまじないです。「天と地の力により、汝（なんじ）は駆逐されよ」の部分を引用しました。そのまま使うしかないカッコよさ。もっとおまじないを載せて頂きたいです。

書き下ろしで自白剤を作っていますけど、真似て作ったり人に飲ませたりしちゃダメですよ。実在する毒草や、スラヴ神話から砕く草なんて出してみてます。薬っぽくない感じが良いかと。

また本書では、王であるベリアル殿が閣下と呼ばれていますが、地獄の皇帝サタン陛下の配下である王は、「閣下」になります。陛下と呼ばれるのはサタン様だけ。陛下と呼ばせると反逆を疑われて、趣味は酒と戦争のヤバい魔王が「おいテメエ、どういうことだか話を聞かせてもらおうか」と、拳（こぶし）での話し合いの為に飛んできます。という設定です。地獄の王という単語をよく使っていますが、「地獄に住む悪魔の王」でございます故、魔王も同じ意味です。魔王の方がラノベっぽい。

ベリアル殿は深い意味はなく契約相手に選んだんですが、今は彼にして良かったと思っています。

担当様、校正の方、本の発行に携わって下さった全ての方、そしてイラストを描いて下さった匈歌（きょうか）ハトリ先生、ありがとうございました！　大変お世話になりました。イラストはベリアル殿を派手に盛って盛って、ばかり言ったような。描くのは誰だと思ってるんだ、というお話ですよ。すみません。でもありがとうございました！　イラストもデザインも、全てがステキです！

今、なぜもっとナイスミドルをガッツリ出していかなかったんだと、後悔しております。

読者の皆様が想像して下さっていた、イメージ以上の絵に仕上がっていると思います！

最後までお付き合い下さり、本当にありがとうございます。次巻が出ることを祈りつつ。

カドカワBOOKS

宮廷魔導師見習いを辞めて、魔法アイテム職人になります

2020年９月10日　初版発行

著者／神泉せい

発行者／青柳昌行

発行／株式会社KADOKAWA

〒102-8177
東京都千代田区富士見2-13-3
電話／0570-002-301（ナビダイヤル）

編集／カドカワBOOKS編集部

印刷所／旭印刷

製本所／本間製本

●お問い合わせ
https://www.kadokawa.co.jp/（「お問い合わせ」へお進みください）
※内容によっては、お答えできない場合があります。
※サポートは日本国内のみとさせていただきます。
※Japanese text only

Printed in Japan
ISBN 978-4-04-073785-0 C0093

新文芸宣言

かつて「知」と「美」は特権階級の所有物でした。

15世紀、グーテンベルクが発明した活版印刷技術は、特権階級から「知」と「美」を解放し、ルネサンスや宗教改革を導きました。市民革命や産業革命も、大衆に「知」と「美」が広まらなければ起こりえませんでした。人間は、本を読むことにより、自由と平等を獲得していったのです。

21世紀、インターネット技術により、第二の「知」と「美」の解放が起こりました。一部の選ばれた才能を持つ者だけが文章や絵、映像を発表できる時代は終わり、誰もがネット上で自己表現を出来る時代がやってきました。

UGC（ユーザージェネレイテッドコンテンツ）の波は、今世界を席巻しています。UGCから生まれた小説は、一般大衆からの批評を取り込みながら内容を充実させて行きます。受け手と送り手の情報の交換によって、UGCは量的な評価を獲得し、爆発的にその数を増やしているのです。

こうしたUGCから生まれた小説群を、私たちは「新文芸」と名付けました。

新文芸は、インターネットによる新しい「知」と「美」の形です。

2015年10月10日
井上伸一郎